為何讀詩
如何讀詩

現代詩完全手冊

楊照

自序

我對現代詩的喜愛，有著個人成長的感情因素。多麼幸運，誤打誤撞，我在十幾歲時，就接觸到現代詩，就跟隨著詩探入自己的不安與騷動。我讀到的現代詩教會我不要拒絕承認自己內在的不安，不要刻意去麻木、窒息自己內在的騷動。詩更替我找出一種誠實面對自己和別人不一樣，自己不屑和別人一樣的青春動盪的態度，進而讓我可以藉由他們的詩句，或藉由笨拙地模仿他們的詩句，獲得了向自己表達困惑、憤怒、疏離、與這個世界格格不入的感受。

如果沒有現代詩，沒有從十三、四歲就耽讀現代詩的成長經驗，我完全無法想像、不敢想像，當時存在於我心中胸中的苦惱、反抗、叛逆，會把我帶到哪裡去？讓我變成一個被壓在底層的瘋子？還是在一番留下永久傷疤的掙扎後，讓社會將我馴化為一個中規中矩過平庸生活、從眾思考的人？

我對現代詩，一直心存感激。現代詩幫我在人生中打出一條路，正視自己獨特的不安、騷動，卻又能找到一種方式和那最強烈時必定具有毀滅性的不安、騷動自在相處。是的，不管別人怎麼看，我衷心相信最好的現代詩，具備堅實現代性與現代精神的詩，可以拯救人，拯救那些少數無法理所當然過「正常」生活的人。

想要寫一本談現代詩的書，念頭早早起於一九九六年。一個秋夜，我到台大哲學系演講，現在已經忘了為什麼去，也忘了去講什麼，但忘不了的，是講完了之後，大概又花了一個小時，我才走出活動的會場。我被一群少年與青年包圍著，用他們或閃亮或沉鬱的眼光，以及他們或明說或迂迴的問題。我不認得他們，不知道他們的名姓，但我又認識他們。他們心中塞滿了對於自己、對於這個世界的種種好奇疑惑，他們就是那些少數無法理所當然過「正常」生活的人。

夜深了，我走出台大校園，手中還握著一疊這些少年、青年們遞給我的信。找到了我的那輛中古裕隆三〇三，坐進駕駛座，打開車內燈，我在微光下拆讀十幾、二十封信。那是一個人們還寫信的時代，還習慣在信中寫些很真誠的字句，更重要的，還用手寫的信件表達各種情感。大部分的信，都讓我讀得心情沉重。他們看過了我的《迷路的詩》，知道了我叛逆、荒唐的高中生活，我曾有過的思索與追求，因而他們急切地想讓我知道他們的成長經歷和我如此相似、或如此不一樣。信裡幾乎都呈現了對於教育體制、對於社會的種種不滿與質疑，讓我清楚感受到他們活得不快樂，活得不自在。他們願意一個字一個字刻寫這些內容告訴我，這般信任我，令我感動；然而他們交付過來的生命重量，又讓我有點不知所措。

在這樣的心情中，幸運地讀到那一疊信裡的最後一封，是一個高一女生寫的。信裡寫了這麼一段話：「前幾天做教室布置，太晚，學校自動熄燈，我只好在黑暗中貼著一顆顆綠色的小星星在看不清的天空色紙上，好滿足啊！不是一個摘星人，我可還沒到那年紀呢。」突然，我眼前變得一片清澈。這是詩啊，而且這豈不正是對我最好最貼切的隱喻指示嗎？

他們，這些成長中不安、騷動的靈魂，有求於我的，不是我給他們什麼樣的答案，而是幫他們在晦暗的天空上，努力地多貼上幾顆星星。當他們在地上額頭滴下掙扎的汗珠，眼眶轉著折磨的淚水時，至少可以抬起頭來，欣慰地發現天上布著星星，放著永遠不會熄滅的光芒，孤獨，卻堅持不懈。我該做的，我能做的，是貼上星星的人，或者，掃開一點雲霧讓更多星星能露顯出來的人。

我擁有的最足珍貴的星星，就是過往讀詩的經驗，就是從現代詩中得到的啟悟與安慰。我應該將這些寫下來，為了表達對詩與詩人曾經陪伴我度過成長難關的感激，也為了其他同樣陷入成長難關的人。

幾年後，二〇〇一年，有了在《中國時報・人間副刊》上固定每週寫專欄的機會，我就將這樣的念頭，化做一篇篇從各個角度談現代詩的文章落實下來。每一篇針對一個我真正在現實裡被用各種形式問到的問題，試著以或直接或迂迴或熱情或冷靜的方式來回答。專欄逐週見報，很快也就又收到了各方更多更多的問題，刺激我思考得更多更廣闊。

這批稿子過去曾經以《為了詩》的書名在二〇〇二年出版，經過了十多年後，重新整理，改名為《現代詩完全手冊》。新的書名，誠實說，帶著一點反諷的意味，故意將「完全手冊」這樣實際實用的字眼，加在一般人認定絕對不實際也不實用的「現代詩」上。然而，無用之為大用，我衷心相信，在面對人如何和這個世界相處的人生根本大問題上，現代詩比絕大部分實際實用的知識或技能，都更有用。因而《現代詩完全手冊》

這個新書名也就指涉回我一九九六年時的初衷——為一些徬徨迷惘卻又好奇不甘心的靈魂寫一本書，將現代詩介紹給他們，讓他們藉由現代詩找到和自己、和這個世界好好相處的新鮮途徑。

當時正年輕

「……當時正年輕，真的是年輕，日間再累，一覺睡過來，又是一條好漢。還記得當年隊上有小倆口結婚，大家鬧就鬧到半夜，第二天天還沒亮，新媳婦就跑到場上獨自大聲控訴新郎倌一夜搞了她八回，不知道是得意呢還是憤恨。隊上的人都在屋裡笑，新郎倌還不是天亮後扛個鋤頭上山，有說有笑地挖了一天的地？這就叫年輕。

「年輕氣盛，年輕自然氣盛，元氣足。元氣是，不足就狂，年輕的時候狂起來還算好看，二十五歲以後再狂，沒人理了。孔子晚年有狂的時候，但他處的時代年輕。」

這是阿城說的，最近讀到的。讓我想起許多年前讀過福婁拜的《情感教育》，整本小說最後一段故事。

Frederic 遇到了老朋友 Deslauriers，回憶當年在學校的時光。記起來有一個地方，大家稱之為「土耳其女人那裡」，其實那個女人名字叫 Eoraide Turc，可是以訛傳訛，很多人真的以為她是個信奉回教的土耳其人，結果給她開的妓院平添幾分異國情調的吸引力。

福婁拜如此描述那個地方：身著白色長袍，頰上塗著胭脂，戴著長耳環的女孩們，有行人經過時，她們習慣輕敲窗櫺，到了晚上她們就站在門階上以低啞的聲音輕唱。

年輕的 Frederic 和 Deslauriers 去燙了髮，繞進貴婦人的花園裡偷摘了花，轉啊轉，轉進了「土耳其女人那裡」。Frederic 要將花獻給那裡的女人，然而天熱、害怕、加上罪惡感、加上從來沒有一次看到那麼多可供他挑選的女人，種種因素使得他面色青白，一句話都講不出來。於是成群的妓女鬨然大笑，Frederic 嚇得落荒而逃，因為錢都在 Frederic 身上，Deslauriers 也只好跟著跑出來。他們其實什麼都沒做，可是有人看見他們跑出來的身影，於是他們上妓院的事在地方連傳了三年還沒平息。

想起這些，最後 Frederic 說：「那是我們一生最快樂的時刻。」整本小說結束在 Deslauriers 原原本本地複誦 Frederic 說的：「那是我們一生最快樂的時刻。」

我是在高中畢業那年讀《情感教育》的，就是你現在的年紀。好幾年，一群妓女輕敲窗櫺、低聲唱歌的形象環繞在我腦海裡。於是我們幾個人去了一趟華西街，刻意故作鎮定地走過暗巷，最後忍不住拔腿狂奔、落荒而逃。可是我們的落荒而逃中，絕對沒有 Frederic 他們感受的那種快樂，我們是被完全不在預期中的醜陋給嚇跑的。非但沒有白袍沒有低啞的歌聲，而且正因為帶著對白袍與低啞歌聲的憧憬，使得那街上的景物與聲響，更讓人難以忍受。

去過華西街之後沒幾天，我們出發去中部遊玩。先去了溪頭，但是只待一晚，就離開了，覺得溪頭找不到真正好玩的。我們晃啊晃，在幾個城鎮閒晃了好幾天，晃到大甲。在喝鮮美的蚵仔湯時，老闆告訴我們不遠的大安有個海水浴場，而且大甲最好最當令的就是西瓜。於是那個晚上，我們半夜出發，一人手上捧著一顆西瓜，散步夜遊到大安海邊。

我已經不記得到底那條路有多遠了，只記得走到時已經精疲力盡，走到了才發現海水浴場晚上根本不開放，而且連我們這樣鑽進鑽出多少火車站、遊樂場，翻過多少次學校圍牆的人都找不到缺口可以突破。我們只好百無聊賴地坐在唯一有燈的地方——派出所的門口，把西瓜敲開來吃。唯一看得到的景色，除了那個一樣百無聊賴，而且拒絕和我們分享西瓜的警員之外，只有天空中奇幻的海雲。

我們對著海雲聊天。聊到天快亮了才拖著步伐走向大安火車站。等火車的時候，我們累得眼睛都睜不開了，突然間H用近乎夢囈的聲音叫我，說：「看，我看到天空上有一句詩。一句奇怪的詩。」我奮力張眼，竟然真的在太陽即將升起的黎明天色裡，感應到了詩，我知道卻無法說出來寫下來的詩。像個小小的、無從解釋也無需解釋的神蹟。年輕的神蹟。

那是我們一生最快樂的時刻，因為有詩而年輕氣壯的時刻。

詩的不可解，不可解的詩

在海灘陷落月暈昇起之前
我已經思索過了樹與淚與真理
在如垂淚般降著暴雨的森林
在痛哭後失神空洞的
無可辯白命運裡……

這是十八歲那年夏天，度過一個疲憊不眠的夜，我一抬頭在清晨遠空雲彩上看到的四句詩。不可能的經驗，然而無法忘懷。

那時候，我已經寫過許多詩了。我已經明白自己不是個天才型的詩人，我偷偷最喜歡的故事是李賀的苦吟：騎著驢子在街衢間不停地遊晃，有了一兩句詩的靈感就匆匆地寫下來丟進行囊裡。我總覺得李賀之所以需要驢子需要街道，正因為沒有那種天啟般的聲音在腦中響起，告訴他多到讓他的手他的筆來不及抄記的眾多詩篇，或許短小靈巧到只有一句，或許龐大巨帙至千行。天才詩人應該都是這樣的。李賀聽不見那個聲音，所以必須看到行人看到市招看到楊柳或沙塵暴，才有辦法想出詩句來。

就像我聽不見那個聲音，我只能不斷讀書、讀別人寫過的詩，從中間裁剪、淬煉出自己的句子。我也曾經想假裝自己幸運得聽見那個超越的聲音，假裝即席洋洋灑灑一首其實是前晚苦吟背下來的詩，然而很快就洞悉了其中的無聊與無妄。畢竟除了自己以外，還能去假裝給誰看呢？

然而那天清晨，在一個疲憊不眠的夜之後，我真的看到那四句遙遠浮顯在天空上的詩。當然是幻影，當然是不眠與疲憊製造的幻影，可是它們看起來如此真實。那不只是抽象的字句，還有著一筆一畫明確的形狀。更不可解的，那字體看起來遠比十八歲的我寫出來的幼稚，有一種掙扎勉強的笨拙，笨拙到讓我覺得不好意思逼視，卻又在醜陋中傳遞一份新鮮與興奮。

那個字體，不只是詩句，一直纏擾著我。在從大甲走海線回台北的火車上，我幾度幾乎入睡，守在夢與醒間的門關上的，竟然就是這字體。似我又非我的字體讓我一再醒來。

我彷彿回到更早更多年前，最初與字相遭遇，學習駕御字、掌握字的童稚心境裡，一種自己以為已經完全遺忘失落了的狀態。「在那個時代，……字母一個接一個被寫出，要不是歪歪扭扭駝著背，就是自命不凡地表現優美。在那個時代，拼寫是一場戲劇性事件，是我們的教養在一個詞內進行的戲劇性事件。」這是多年以後，我在 Gaston Bachelard 的《夢想的詩學》裡讀來的一段話。是了，就是那樣戲劇性時期的印記。

那四行詩本身也是不可解的。迥異於我自己有意識創作的其他詩句，我完全不明瞭這四句詩的來龍去脈。我不知道這詩是怎樣發想的，更不清楚各行次序安排與意象間的彼此關聯。

可是我又很清楚，這絕對不可能是任何其他人的詩。只能是我的。它有那麼清楚的財產印記。那種句式、那種組構樹與淚與真理的三角關係，一個自然物件、一個人體動作加一個抽象名詞並列的方式，是十八歲的我所慣用的。還有並列之後繼而將它們兩兩結合迴旋成句的展開，也是十八歲的我所慣用的。更重要的，我在這四句詩裡立即讀到只能在自己體內感應的熟悉。

明明是我的，卻對我展示著不可能。這是最大的神祕、最大的謎。讓你不能走開不能掉頭不顧的謎與神祕。我在那瞬間，領悟到了現在正在苦惱著試圖要讀詩的你的最大問題的答案。如果詩是難解、不可解的，要如何評判詩的好壞？我們讀不懂的詩，就是壞詩嗎？讀不懂我們憑什麼評斷那是壞詩？可是倒過來，難道寫出讓人不解不能解的詩，人家就不能指責那是首壞詩了嗎？

我當時的領悟是，詩或許不可解，然而好詩必須提供豐富的暗示，讓你覺得在眼底撩亂的不可解中，藏著可解的路徑。好詩引誘著你從不可解中努力尋求可解，它讓你就是不能走開不能掉頭不顧它的神祕與謎。它誘惑著人去找不可解中的可解。你進入詩，於是詩也進入了你。

詩是公開的隱藏

契訶夫（Anton Chekhov）寫過一篇題名為〈吻〉的小說，小說裡描寫一團俄國士兵在行軍中經過一座小城。晚上團裡十九名軍官都受邀到城裡一位退役將領家中喝茶，其中有一位年輕、害羞、極度缺乏自信的軍官叫 Ryabovitch，是故事的主角。

在聚會過程中，賓客們開始跳起舞來，Ryabovitch 覺得很不自在，因為他一輩子從來沒有跳過舞，一輩子從來沒有過用手抱住女人的腰的經驗。為了避免這種因身體動作拙劣帶來的尷尬，他跟其他幾個人去了彈子房，可是到了那裡他還是不自在，因為他也不會打撞球，老是擋到路礙著人家。沒辦法，他只好再回大家跳舞的大廳去。

就在這過程中，Ryabovitch 顯然記錯路轉錯了彎，闖進了一個小房間裡。在黑暗中，突然有年輕女孩衝了過來，口中唸著：「終於等到了！」，在 Ryabovitch 右頰靠近鬍子的部位吻了一下。那女孩立刻察覺到自己親錯人了，來的並不是她苦候幽會的對象，尖叫一聲逃開了。頂多只有幾秒鐘，只有一個輕輕的吻。

這樣幾秒鐘，卻對 Ryabovitch 產生不可思議的變化。契訶夫形容他剛剛被女孩帶香氣的雙臂短暫環繞的脖子似乎塗上了神聖的油膏，右頰被吻的部位則是一片冰涼，「一股新奇的感覺湧滿了他整個人，而且愈來愈奇怪……他忘記了自己有著……『毫不起眼的外表』……」

第二天，離開小城前行的路上，Ryabovitch 依舊被包圍在那個吻的神祕力量裡。到了晚上，他終於忍不住了，把他的奇遇講給同伴們聽。

他講得很仔細，畢竟這幾秒鐘的事已經在他腦中迴旋了幾百次幾千次。然而讓他自己驚訝、繼而難過的是，不管他說得再怎麼仔細，他的「豔遇」一下子就說完了。沒了。講不下去了。他原本還以為自己話匣子一開能夠一直滔滔不絕地講到第二天早上哩。

更讓他驚訝、更讓他難過的是，他的同伴竟然沒有被感動，也沒表現出多大的興趣。人家轉而去聽真正更「香豔」的故事，怎樣在火車上和陌生女子做愛的故事。

我們每個人都曾是那個驚訝、難過、失望的 Ryabovitch 。或者說我們一生中總會經歷過好幾次 Ryabovitch 的這種困窘。我們自己覺得天大地大，自己在心裡迴旋過千百次的最快樂最悲痛最甜美最壯麗最哀傷最淒清的經驗，我們覺得自己的神經系統都不足以承擔的巨大撼動，忍不住想要講給別人聽，然而一開口，一切就變質了。我們找不到適當的語言、對的方法來訴說，來傳達那種快樂悲痛甜美壯麗哀傷與淒清的程度。

從一個意義上看，正是在這種困窘環境裡，才有了文學的需求。Ryabovitch 無法轉述、傳達的感受，我們藉著契訶夫的小說之筆領略到了。當場親自聽 Ryabovitch 講故事聽得索然無味的俄軍士兵們不能懂得的「靈光」（epiphany），契訶夫小說的讀者卻在百年之後、千里之遠懂得了，這是小說的魔力。把不能說、說不清楚的來龍去脈，以全新的角度洞悉了講得透徹明白，這是小說家的當行本事。

不過別忘了，在這種困窘狀況裡，文學還提供了另一種工具，那就是詩。如果說小說是要讓 Ryabovitch 感受的吻，成為眾人都能感受的共同啟示，那詩就是讓我們可以選擇將那吻保留在神祕的光暈裡。小說訴說，詩卻隱藏。詩的隱藏不是不說，讓吻只留在 Ryabovitch 腦中，詩是一種公開的隱藏，一種帶點惡意的挑逗，詩告訴人家，我這裡藏著特別的東西，我是這樣藏那樣藏，藏來藏去後你勉強可以看到這一角那一角的暗示，或模糊輪廓的外形，然而真正的是什麼，我死也不會講明。

Ryabovitch 的苦惱失望，來自於他沒有契訶夫那麼熟練的本事訴說，卻又沒有學過詩人的公開隱藏的技巧。

也許有一天，可以找到這樣一首詩

沒有哪一首詩是「唯一的詩」，對我而言。詩之所以存在，之所以開始詩的尋旅，正是因為生活當中有太多訊息與感覺，無法用一般的方式記錄、存留。詩具有一種特殊的，既存在又不存在的形式意義，只有當其他形式都無效都無能為力時，我們才乞靈於詩。

當然這是我的偏見，無可救藥的偏見。在我眼中看去，各種不同的記錄文類排成一列，一種文類後面放著另一種文類，固定的次序固定的功能限制。直接、淺白的日常語言、一般報導無法捕捉的，我們才訴諸於文學語言、訴諸於探索思想與感覺的散文。散文也不足以提供所需的意義工具時，我們只好向虛構的小說求救，希望藉不同的、變幻的敘述聲音給自己更大的空間。如果連小說都無能為力時呢？幸好我們還有詩。

詩最不同的地方，就在它不直接訴說。詩用不訴說來訴說，所以才能夠保留住那些一旦被訴說就破壞了的經驗與心情。用不存在來表達存在，有時是最能接近存在底層最迂迴卻又唯一的弔詭路徑。與詩最接近的，是寓言，卡夫卡寫的那種寓言；在一個荒涼、莫名的早晨，不知為了什麼匆忙趕路向道旁警察詢問時間，那樣似夢非夢的寓言。與詩最接近的，是一種質疑理性的哲學，莊子寫的那種哲學；夢了蝴蝶又醒了，醒了卻又不確定其實是蝴蝶夢成了人的哲學。

作為一種文類形式，詩介於存在與不存在間，還有另一個理由。真正具體以字句與字句、行與行整齊連綴的詩篇，遠遠少於我們日日夜夜尋覓著，理應存在的想像的詩。這又是只會發生在詩上的奇異失落。日子過著過著，我們不會覺得這裡少了一篇散文、少了一篇小說；可是時時刻刻我會感到內在的某種虛空與飢渴，覺得在這裡，面對這樣東西、這個人、這份感動或恐懼、這道閃逝的光芒，應該有一首詩、或一句詩，應該有的。

這就是為什麼對我而言，詩不是既成的作品的羅列，而是不間斷不停歇的追索。上窮碧落下黃泉，念茲在茲地要找到最最適切於鑲嵌在這個時空定點上的詩。

所以詩沒有唯一的。沒有任何一首已經寫完的詩，可以應付如此龐大的虛空與飢渴。你問我，有沒有哪一首詩在我生命中是唯一的，我只能誠實地回答沒有。因為我始終活在詩所製造，或說詩所逗引出來的龐大虛空與飢渴中，永遠無法饜足。

甚至害怕饜足。

大水災剛過的日子，去海邊走了一趟。除了怵目驚心的道路坍方、黃泥暴露的景象之外，看到最多的，就是一堆堆沖上岸來的流木。關於大雨所造成的傷害，那殘破那危險甚至那人與大自然相處上的反省，我知道該如何形容如何描述如何論理如何留存教訓。可是那些顯然都歷經奇異的山水過程的流木，就讓我感到強大的詩的召喚。

該有首詩，至少有句詩，彰示流木與我們之間的關係。什麼樣的詩，我不知道。我知道不會是洛夫的〈漂木〉，不是：

……這塊木頭
已非今日之是
亦非昨日之非
極其簡單的一根
行將腐朽的木頭，曾夜夜
攬鏡自照
做著棟梁之夢的
追逐年輪而終於迷失於時間之外
的木頭

這樣的詩句。

也許會比較接近村上春樹寫的〈有熨斗的風景〉，裡面講的「自由的火」吧。流木燒起來的火，和瓦斯爐的火、打火機的火、一般的營火不一樣，而是一種在自由場所裡燒起來的形狀自由的火，因為自由，所以可以顯映看火的人的心情。

從流木燒的火，回推設想流木的自由。這樣也許可以有一首符合我在海邊的心情的詩吧。我如是想著，如是尋找著。或許有一天可以找到。當然也有可能永遠找不到這樣一首詩。

詩意湧現的瞬間

你問我詩人在什麼地方尋找詩的靈感？怎麼會知道什麼樣的情境、什麼樣的經驗可以用詩來表達？難道不會有選錯，或發現詩其實無能為力的時候嗎？會不會寫了詩，卻發現整首詩都白寫了，真正應該寫的，是一篇小說，或一封更直接的信？更糟的是，會不會有什麼時刻，揪心痛苦的時刻，發現自己就算寫了一首詩，就算寫了一首好詩，卻完全沒有用？

我知道我不可能回答你的問題，因為你的問題裡，含藏了最深的挫折。這不是任何人可以為你回答的。不過我至少可以用最誠懇的方式，試圖接近你的挫折。

我常常在許多生活的片段裡，看到詩的靈光。詩的靈光不都是瑰麗浪漫的。它有時是深邃到看不見底的黑亮顏色。它也可以是完全沒有彩度、無法形容的灰晦。我還看過純然透明，比物理的光還要純淨、還要輕盈，但又絕對不是空無的詩的靈光。

例如說前些日子，有一位女性朋友T告訴我她的經驗。她突然發現自己愛上了一名男子。一個一直和她在同一個辦公室裡工作，卻沒有太多互動的同事P。那啟示來得非常突然、非常奇怪。七、八個同事過完週末慶生日後，一起到海邊去亂逛。因為事先沒有準備，天氣也不是真的那麼好，所以只能光著腳在沙灘上隨意踩著浪玩。T第一次觀察到，海浪其實是神奇、複雜的力量的組合。遠遠看到捲起的浪很高很猛，到岸上來不見得就會衝得最有力。可能被前浪撤退時的力量抵消了，可能被礁石灣岸破壞了，也有可能自己在海中某一點上形成神祕的漩渦互激轉向了。

站在沙灘上，T和其他同事玩著猜測浪會衝上岸多遠的遊戲。浪退下去時，選擇站定一個位置，然後就任由下一波浪嘩嘩襲來，被衝濕了也不准動不准移開。T幾乎沒有一次猜對浪來的力道，不是退得太遠被眾人嘲笑，就是挨得太前面被一個大浪捲上來，一直濕到褲腰上，連臉上都濺上了細碎水珠。

玩了一陣子，T忽然發現P近乎完美的判斷力。P幾乎每一次都準準地站在海水拍來的邊緣上。頂多被已經碎散了的泡沫輕輕淹過腳板。然後她自覺：只有她一個人注意到P的本事。在遊戲的熱烈氣氛下，本來就不應該注意到這種事的。可是T卻注意到了，而且還無可抑制地羨慕起P的判斷，心疼他的優越表現竟然沒有得到其他人的讚揚。

她才知道自己愛上了P。而且恐怕早就偷偷愛著了，只是連自己都不曉得。那種被突襲了的狼狽，幾乎讓她當場就不知所措。

回程路上，她和P坐同一輛車。P的手機響了，P接通電話，跟一個她完全猜不出什麼關係的人有一搭沒一搭低聲聊著。她聽到P說去了海邊的事。P形容海的聲音給電話那頭的人聽。說海的聲音太深奧了。最精妙的混音，人類永遠無法企及的藝術。P形容摻雜其中的各種音階音量的節奏。從空蕩蕩的水，一直講到浪衝上岸時，無數小石子和細砂同時翻滾爬動，像全世界的螞蟻一起搬家；還有那最細最細的泡沫，瞬間形成，霎時一起破滅，像全世界的針一起輕輕點戳空氣的聲音⋯⋯。

她從來沒聽過有人這樣形容海的聲音。完全沒有防備地，洶湧的淚水爭先恐後從她眼裡流出，她無法控制自己，在眾人面前，那麼尷尬的哀傷起來……。

我在T的故事裡，感受到強烈的詩意，一首隱然成形、必須存在的詩。一首必須能捕捉傳遞她的愛與海洋與哀愁的詩。一首必須存在，但我寫不出來，T也寫不出來的詩。

必須存在、卻無法真正書寫的詩。詩沒有辦法寫出來，不過並無害於那一瞬間，那絕對的詩意迸發的意義，也否定不了詩意曾經迸發的人間事實。詩意本身，是人間存在的一部分，這才是重點，這才是無可否認、無法剝奪的。

你了解我的意思嗎？

最深邃最美麗的寶庫

北極圈邊最冷的國家，夜最黑夜最長的冰島，在他們的開國史詩傳說裡，穿插了一個叫歐第（Oddi）的人的故事。

有一天晚上歐第夢見自己寫了一首詩。醒來之後無法再眠，他走到外面，在星空下看著滿天晶亮的美景（我們可以想像那北國獨特的天空，星星多到似乎應該用「熱鬧」、「喧噪」來形容，像是幾十顆煙火砲彈同時爆開，一點點的火花被某種神祕的力量凝結固定在彷彿停滯了的時間裡，周遭都是如此靜寂，而且，如此寒冷），看著看著，他想起了夢境裡的各種情節，在哪裡為了什麼事決定寫一首詩，用了什麼筆寫在怎樣的紙上，然而唯一遺落了的，不管星星對他眨了幾億次眼都不復能追憶的，是詩本身，夢中明明完成了的詩，到底寫了什麼，歐第不知道，永遠不會知道。

如果用佛洛伊德在《夢的解析》裡提示的方法，我們大概可以說，這個夢正就是歐第對於自己究竟能不能、夠不夠格寫詩成為詩人的焦慮反映。夢醒後記起了所有與寫詩過程有關的細節，表示歐第自覺主觀地對寫詩作了種種、甚至超過必要的準備。然而結局是，詩依然如此難以捉摸，究竟得到沒都無法確認。對詩的掌握捕捉，如幻影如虛空中發著光的星星。詩是最大的禁忌，歐第有雙重理由無法記起，或不去記起夢中寫成的詩，他怕那詩根本沒有完成，也怕實際那詩根本不是好詩；他寧可遺忘了，留下一個痕跡，自我安慰的證據：「我曾經寫過一首最偉大的傑作，遺留在夢中，在我腦裡身體裡的某個最深邃最美麗的地方，不知何時，會再度湧冒浮現。」

每個寫詩讀詩的人，內在應該都有這樣一個最深邃最美麗的寶庫。寶庫在那裡，等待有人一步步探勘描繪出尋寶圖來。因為有這樣一個蒐羅了許許多多在夢中在潛意識裡已經寫過讀過的詩的寶庫，我們才能在遇見詩作時，判斷這究竟是好詩、壞詩，是不是我所要的詩。

詩的評斷，尤其是形式上愈簡單的詩，愈是無法依賴理智與知識的解說。和其他資訊、經驗不同的，累積讀過最多詩的人，不見得就最會讀詩，更不可能就最會寫詩。因為詩的評斷，不是拿眼前這首詩，和記憶中讀過的其他詩作比較，來得出高下位置。不是的。詩的評斷，主要靠的是和那個最深邃最美麗的寶庫裡，自己無法追尋了的夢中詩作、潛意識詩作來比較。

所以寶庫裡的詩，到底存在還是不存在？歐第在夢中，到底寫了還是沒寫那首不復能追憶的詩？

既存在又不存在，既寫了又沒寫。這些詩不可能被拿出來，用明確的字句排列成詩，從這個意義上說，它們並不存在。連歐第自己都記不得了，別人更不可能找得出什麼證據來展示那首詩的確寫了。不過，這些沒寫過、不存在的詩，卻有著心理效果，烙印在我們的感情裡，我們知道詩可以、詩應該留下這樣的濃縮情緒感應。這樣的歡愉、這樣的悲傷、這樣的熱情、這樣的沮喪。下次再有詩帶來那樣的情緒純度高度經驗，我們內在會有一聲輕響，說：「這就是了！」從這個意義上說，夢中詩又是寫過、存在的了。

心中有這樣一個既深邃又美麗的寶庫的人，會成為詩的愛好者。至於詩人，就是那種忍不住出發去搜尋寶藏所在的人。他們沿途撿拾各式各樣的線索，他們陸續匯集既有的資料畫出尋寶地圖來，他們描述挖到的寶物的模樣，這些就成了作品，具體寫成白紙黑字的詩。

至於好的詩人，則是找到了寶藏，抄出了寶庫裡的夢中詩。至於偉大的詩人，那就不只是找到了寶藏，而且在他的寶庫裡，收藏了大量、豐富，幾乎像歐第抬頭看到的冰島天空中的星光般那麼多那麼精采的夢中之詩。

一段詩的街道

你問我最喜歡哪條街道？這是個難回答的問題。並不是因為答案不好找而讓我為難，不，看到你的問題的剎那，我腦中已經浮現出街道上鱗次排列的招牌，也看見風中大葉翻飛的槭樹，我馬上知道我會有的答案是什麼。真正難的是，如何說明、如何讓你明瞭，我為什麼會喜歡這樣的街道；更難的是，我要怎樣讓自己，在那麼多年之後，重新看到那樣的街道，重新回到走在那樣街道上的欣悅、新奇感覺？

我散步最多、最愛散步的時期，是高中到大學階段。兩條路線讓我著迷。一條是從高中時的學校，走重慶南路一直到台北車站。那一路上有我們最討厭又最好奇的女校，我們最害怕又最好奇的總統府，還有我們最喜歡又最好奇的一間接一間書店。最過癮最快樂的當然是進進出出那些書店。七〇年代末期，金石堂、何嘉仁、誠品都還來不及誕生的時代，重慶南路上除了有什麼書都賣的建宏、三民之外，還有老舊有古風的中華書局、世界書局、商務印書館，以及一家簇新卻有古風的河洛書局；而在這些賣中國傳統典籍的書店門口騎樓下，暗暗悶燒發熱的卻是禁不死、打不退的黨外雜誌。那個時代，認真走一趟重慶南路，所得到的刺激興奮，無法形容，無可比擬。

不過除了重慶南路之外，我還喜歡搭公車，在到家前提早三站下車。敦化北路經過長庚醫院、經過台塑大樓，然後走就算下班時間也還不會塞車的民生東路。這段路，沒有什麼特殊的東西，只有一切在其他街道都會有的景致，汽車、行人、安全島及人行道上的大樹，樹上的風聲，高高的辦公大樓，平平開展的公寓住宅。

然而我多麼對這段散步歷程著迷！我無法抗拒這段路的誘惑，不管高中時搭〇東，還是大學時搭二五四，一到敦化北路我就坐不住了。艱辛地擠過巴士上潮熱黏膩的擁擠肉體，再勉強也要下車。如果有任何狀況，趕時間回家什麼的，沒有辦法走這段路，一整天都覺得悵然若失。

那是一種純粹的散步欲望，其中沒有夾雜任何額外的動機，因為純粹，所以珍貴。這是當時我給自己的解釋。但如果是這樣，那真正重要的是散步本身，而不是街道，街道只是工具、手段而已。但我卻又明白感受到，這段街道和其他街道都不一樣，不，不完全只是散步的工具，這段只有車輛、行人、樹與風聲、高樓與公寓的街景，一定還有什麼特殊的意義。

一直到我遭遇攝影家 Henri Cortier-Bresson 的一段話。Cortier-Bresson 說：「超現實主義者獨自在街上遊晃，沒有目的地，但卻帶著一份仔細、認真思考過的警覺，隨時準備捕捉突如其來的細節，那種會掀揭出平庸日常經驗表面底下潛藏著的驚人、懾人實象的細節。」

我驀然悟及兩件對我自己而言，非常重要的事。第一是少年時期在走那段路時，我其實不是在散步。我的感官與思考都被動員起來，在原本最熟悉的景物間，等待著期盼著被某些驚人、懾人的實象襲擊。我需要那一段路，只有那段路讓我和目的地保持游離的關係，讓我能夠真正獨自、真正化身——進化或退化——為一個觀察者、感受者。

第二件重要的事是：原來走在那條路上的我，最接近超現實主義者，我進化或退化而為一個超現實主義者，難怪同樣也在那個時期，我與詩最接近，在颯颯樕樹聲中走回家後，關起房門來，我瘋狂地寫詩，寫我認定的詩中的現實，別人的超現實。

在壯麗、巨大的陌生事物中看見自己

Groucho Marx 的名言：「在我開始講話之前，我有很重要的事要說。」本來因為有重要、非說不可的事，所以才開口的，然而一旦開口了、一旦講了，卻變得不是那樣，這是 Groucho Marx 這句話內涵的意義。

或許是講了就覺得不重要了。因為講出來就發現自己講的話沒什麼了不起的，別人已經都講過千百次了，怎麼還會重要呢？或許是無論怎麼講，都無法精確、恰當地傳達原本在內心念頭裡的那份切急重要性，我們明白自己的感受自己的意念多麼重要，卻怎麼也沒辦法表現出來、傳遞出去。

明瞭這樣的困境，我們會懂得一項弔詭的真理：能把我心裡的感受、肉體的經驗講得最準確、表達得最淋漓盡致的，往往不是我們自己的話、自己的語言。我們需要依賴別人、尤其是依賴詩人，來講我們心中那些在語言之前的重要的事。

你問我：詩和我的關係到底是什麼？為什麼明明那麼喜歡詩、那麼喜歡講與詩有關的事，卻又強調地否認自己是個詩人？為什麼又不贊成喜歡詩的人都去做詩人呢？這中間不是很矛盾嗎？

不矛盾的。我讀詩、我喜歡詩，因為詩，那些對事物或對語言格外敏感的詩人的作品，替我說出心中最重要的事。我只有透過讀自己無論如何寫不出來的詩，只有透過引用既成的詩句，才能真正明瞭、定型自己的心意。詩人的詩，比我自己的語言，更貼近我。

我與詩之間，維持著類近旅行的關係，暫離自己日復一日存在活動的環境，被轉運到一個陌生的空間裡。旅行很重要的改變，就是我們從生活裡游離出來。我們從自己游離出來。重新成為一個沒有身分、沒有緊密人際連結、沒有熱烈情緒牽絆的遊魂。還是自己卻又不是自己。

旅行中我們看到很多陌生的事物，風景、道路、建築、藝術品，然而更多時候我們被迫看到陌生的自己。所以為什麼參加觀光團活動，不算是旅行。一方面因為你還留在熙攘裡用原來熟悉的自己應付同團的友伴們；另一方面因為一切都是別人安排好的，沒有意外，沒有艱難，而在陌生地的意外、艱難才是最能照見陌生自我的絕佳機會。

讀詩像旅行。與小說與散文相比，詩是最不友善、最不體貼的。詩總是布滿了障礙讓你讀得顛顛躓躓的。詩總是提供著彆扭的語句、奇異的意象，阻止你回到安穩、舒適的熟悉空間裡。詩給你一個不定的、混亂的，同時卻又巨大、壯觀的威脅。

契訶夫曾經形容過一個人面對壯麗、巨大陌生事物時的心理反應：和壯麗、巨大的陌生事物，不管是風景、道路、建築或藝術等相比，我們會憂傷鬱卒地油然生起一股宿命的感受，覺得自己終必注定要沒沒無名地活著，然後又沒沒無名地死去。和這些壯麗、巨大的事物相比，我們如此渺小。於是在無奈與無助中，多少人本能地撿拾周圍任何可用的工具，衝動地在石頭上、樹木上、柱子上，甚至恨不得在藝術品上，留下我們的名字。

留名塗鴉不只是要伸張自我，而且是要把那些壯麗、巨大的事物占為己有。雖然明明知道海洋、高山、大教堂、紀念碑和美麗的雕像，不可能真正成為我們的，但在那憂傷鬱卒的剎那，我們相信海洋、高山、大教堂、紀念碑與美麗的雕像，比我們可朽必朽的肉體與心靈，更能代表我們，更應該代表我們。

這就是我與詩的關係。讀詩就是在讓自己感動的句子前留下印記，以一種神祕的方式據為己有。你不必成為詩人就可以擁有詩；或者說，正因為不是詩人，你可以擁有更多更多不是自己寫，卻與你如此密切呼應的詩。

無可阻擋的純粹黑暗

我從來不是個熱愛純粹、追求純粹的人，然而至少我懂得如何欣賞、如何尊重潛藏在現代詩學底層，那股強大的純粹的渴望。

你不解為什麼我再三表示自己不是個詩人，也不可能再重拾起年少時期寫詩的筆。你的不解有一部分或許來自你的年紀，當我在你這樣二十剛出頭的年紀，我也很不能接受對於生命的決絕限制。我們在那些青年歲月如煙如火的日子裡，總覺得生命最大的意義、最深刻的力量都來自接受挑戰，畏縮、否定、躲避，是不可忍受的。這種感覺我能充分理解。

然而我對自己與詩之間的關係，調整為讀詩愛詩卻不寫詩的若即若離，是認真思考後的選擇。是對於詩與對於自己，更進一步挖掘後，得到的明確答案，它不是畏縮、否定，不是躲避。

謝謝你肯定我應該還能寫不錯的詩。不過那真的不是我要的。寫詩，我也許真的能成為一個不錯的詩人，甚至有機會寫下一些還值得存留的篇章，不過那真的不是我要的。我在意的是，第一，在我個性的內在，有些根深柢固的質素，其實是和現代詩的精神相牴觸的，如果要超越要突破，我必須逼迫自己放棄這些質素。

其中一個就是對於各式各樣現象、道理、原則、經驗的好奇。而且喜歡觀看、領受、記錄多元的生命活動。覺得這些五花八門本身就是價值、本身就是成就。我沒有那種衝動，要歸納整合所有的光怪陸離，所有的浮光掠影，去尋找、營塑出一個終極的領悟，一道涵蓋一切，進而替代一切的靈光。

然而最好的詩人，卻必定要有這樣的野心與企圖。最好的詩人，都有他們自己的一種鮮活本能，用最獨斷的方式篩汰、提煉成萬上億的問題，找到最後的唯一答案，或是唯一問題。

我在意的第二件事是，作為一個不純粹但尊重純粹的人，與其勉強自己成為詩人，不如以我不純粹的心與我不純粹的心情，去演繹去刺探詩的世界。在純粹與不純粹的半虛半滿空間裡，反而最能自在優游。

一個不斷與詩與詩人對話的人。一個不斷用詩騷擾經驗世界，又用感官雜質探問詩的世界的人，這才是我。

我給自己的位置在：當台灣處處停電，微弱燭光閃爍的夜晚裡，應該只有我會去翻找出一首詩，靜靜躺在書架深塵角落裡的這樣一首詩：

這晚，我住的那一帶的路燈又準時在午夜停電了。
當我在掏鑰匙的時候，好心的計程車司機趁倒車之便把車頭對準我的身後，強烈的燈光將一個中年人濃黑的身影毫不留情的投射在鐵門上，直到我從一串鑰匙中選出了正確的那一支對準我心臟的部位插進去，好心的計程車司機才把車開走。
我也才終於將插在我心臟中的鑰匙輕輕的轉動了一下「咔」，隨即把這段靈巧的金屬從心中拔出來順勢一推斷然的走了進去。沒多久我便習慣了其中的黑暗。

這是商禽的散文詩，題名為〈電鎖〉。在我們經驗的各式各樣黑暗與不便時，我提醒，詩人透過文字找到的最純粹的、內在的黑暗。

那無可阻擋無法拒絕的黑暗啊。

快樂地反覆撿球的小狗

我是說過年少的時候，曾經背誦許多自己喜歡的詩。不過背詩的動機與理由，並不是像你說的那樣，我從來不相信、也不支持應該把一首詩背下來，才叫了解一首詩，我從來不曾為了任何某種教育或教養的目的而去記誦詩篇，我一點都不覺得記得一首詩會潛移默化讓我變成一個更好、更斯文或更有道德的人。現在許多逼著小孩「讀經」、背唐詩三百首的家長們可能有這種想法，我沒有，從來沒有。

當時間被抽痛，我暗忖，自己或許就是那鞭痕
或許你的手勢，第一次揮舞的
一伸臂便抓住一個宇宙
而閃爍，自一鷹視，鷹視自一成熟的靜寂
猶聞風雷之聲，隱隱自你指尖

這是當年我背過的詩。

在黑色的陰影中看自己的影子
陰影輕擺於黑色的水中
這樣看自己的影子是足夠的清楚
這是好的：我是好的：我是千年熾火凝成的一顆黑水晶

這也是當年我背過的詩。

看看這些詩你就會明白，它們和「學而時習之，不亦說乎？有朋自遠方來，不亦樂乎？」和「孤鴻海上來，池湟不敢顧」相去多遠。我當年背過的那些詩，沒有什麼音韻規律，更沒什麼有用的勵志規矩，不只是難記難背，而且背下來幹什麼？

會背這些詩，是因為每一次每一次反覆的誦念，都帶給我那麼大的愉悅。你曾經跟小狗玩過丟球的遊戲嗎？你把球丟出去，小狗就興奮地衝過去，找到球再急急地將球叼回來。你再丟，牠再去叼。同樣的動作不斷地重複，你有沒有發現，小狗每次都那麼高興那麼樂，每一次都和第一次玩時同等高興同等快樂。這裡沒有邊際效益遞減的現象，沒有因為重複而產生的累積倦怠。

讀詩，讀到自己喜歡的詩，人就變成了一隻撿球的小狗。這裡面有某種神祕的人與文字與聲音間的化學作用，只存在於詩的閱讀裡。所以詩不是知識，因為知識吸收進去了，你不會要一再回到提供知識的遺址上來，你已經把知識搬走了。所以詩也不是經驗，因為經驗會在重複間變得不稀奇，變得越來越沒有吸引力。

你永遠不會了解為什麼小狗還要再玩撿球的遊戲，也就永遠不會了解為什麼詩可以一讀再讀。而一讀再讀的結果就是那些詩轉而印在你的心靈上，每一個字每一行，甚至每一個空格。

詩烙印在記憶上，讀詩變成一種最方便的快樂。我經常在課堂上，一低頭看錶，就想起洛夫的那段詩。於是無聊的數學課，滿黑板的XYZ隱退了，開展在我眼前的是某種時間與空間依舊混同沒有區分的洪荒，我既是那個洪荒非時非空裡的膽怯的浪遊者，又隨時可能在其間呼風喚雨搖身成為主宰。正因為在那個非時非空裡沒有可被我所宰制的確定人與事，恐懼與權力弔詭地合而為一，最渺小與最偉大在指尖裡的風雷聲中神奇地統一了。

又例如說走在暗夜的街道上，我就在舌尖輕唸方思的詩句。原本平板、空無的黑暗瞬間開始分化。如同電影特效般，在黑暗之黑裡分化出各式各樣不同的區塊與色澤，等待我去尋覓、等待我去命名。尋覓到那塊黑水晶，將之命名為「我」，並開始想像賦予它歷經千年熾火的前世故事。

等於說我帶著幾十首、幾百首的詩在過日子。詩打散一切既有的系統，開放出混亂的空間。在那裡，少年的我尋覓，並且命名。尋覓與命名正是成長中得以掌握的最大樂趣。一塊還沒有標準答案的混沌天地，詩帶領我走進去。

命名的樂趣

二十幾年前，到美國留學，很快就發現了自己學習英語的嚴重缺憾。我習得的英文可以讓我讀懂哲學、文學甚至生物學的書，尤其是遇到十九世紀的英文名著，像Matthew Arnold的《文化與無政府狀態》（*Culture and Anarchy*）那樣的書，就是輕鬆神遇；然而偏偏對在八〇年代美國生活要遇到的許多繁雜瑣碎的東西，我卻無可避免瞠目結舌，叫不出也看不懂。

我還記得住進宿舍的第一天，第一頓晚餐。優閒地散步穿越校園草地，到達依然留有濃厚夏日觀光熱鬧氣氛的廣場，進到廣場上最醒目、最多人進出的速食店裡，然後盯著板上的字，優閒的心情迅即消散。我看得懂那個字、我也知道自己想吃什麼、我也唸得出那個字的標準讀音，然而我還是不自主地緊張起來。那個字是 Croissant 。我讀過，不過是在學法文的時候讀的。我學過這個字是新月的意思，等於英文裡的 Crescent ，這個字還可以拿來形容、稱呼所有新月彎彎形的東西，包括一種新月彎彎形的麵包。

麻煩的是：這樣一個法文字出現在美國通俗速食店裡，應該保留法文讀音嗎？還是應該有我沒學過的另外一種簡單簡化（畢竟這字裡包括了一個最難發音的 r ）的美國式唸法呢？揣著忐忑的心情，我訂好策略，先唸法文音，萬一人家聽不懂就改一個自己猜的美式音，再不行就比手畫腳吧！還好 Croissant 即使到了美國還是叫 Croissant 。後來回台灣，看見街上突然流行起「可頌坊」，我不禁莞爾， Croissant 連到了台灣也還是叫「可頌」，保持了沒有翻譯的原味。

我還記得住進宿舍的第二天，改在宿舍旁邊法學院的自助餐廳吃早餐。不需要知道什麼是什麼了，拿了放進托盤裡，就可以直接去結帳。我拿了一種又像蛋糕又像台灣發糕的東西，從來沒有吃過的東西，去結帳時，卻忍不住問收銀小姐，這到底是什麼？她臉上滿是驚訝，等我硬著頭皮問了第二次，她才回答，「Muffin, just muffin.」

她一定不敢相信，我真的就是不知道這個東西叫 muffin 。她一定不敢相信、不能想像，那一整天，甚至到了因為留著暑熱而難以入眠的夜裡，muffin 這個字一直停留在我口中、我腦中。對可能還不會說話就聽過 muffin 、建立起 muffin 這個音和這樣東西確切連結的收銀小姐而言，一個來自亞洲的傻小子竟然會著迷於 muffin 這個聲音的心情，必然是難以思議的。

說不清楚是什麼。覺得 muffin 這個聲音有某種中文裡絕對找不到的趣味。連續兩個俏皮的短音。也覺得這個音和吃起來敦敦厚厚、老老實實的那樣食物不盡相符。覺得字母這般錯落排列，有一種讓人無法一眼視穿的暗示。

突然之間，muffin 不只是 muffin。muffin 不只是別人給我的一個與物對應的不可變易的名字。Muffin 變成了我在異地面對異物，一種特殊的、內在的命名的過程與命名的樂趣。不是說我替 muffin 命名，而是我的感受我的思考建立起一套專屬於我的，對於 muffin 這個名字的複雜連結。這不再是早餐，而成了環繞著那個敦敦厚厚、老老實實的食物的一組詩與詩學。陌生與飢餓的詩與詩學。

就像 James Merrill 在晚年身體不斷敗壞，死亡烏雲密布時，寫了一首題為〈body〉的詩。他看到的 body 這個字，形象上由逐漸鼓起的 b 走向圓滾滑熟的 o，再走向以一豎直桿如牆般象徵終止的 d；意義上剛好也是從 b 開頭的 birth（出生）通往 d 開頭的 death（死亡）。至於那最後一個孤伶伶的 y 呢？它發出音來，正是一個惶惑疑問的 why（為什麼）？

James Merrill 重新命名了身體，他自己的身體。雖然詩還是感傷悲劇的，命名的過程卻散發出巧思喜感來。

再說命名的樂趣

《聖經・創世紀》裡，上帝創造了第一個人——亞當，而祂給亞當的第一個工作，就是教亞當替萬物命名。依照《聖經》的記載，上帝把各種東西呈現在亞當眼前，亞當發出什麼聲音，那樣東西就得到了什麼樣的稱呼。

這番命名工作做完之後，亞當就累了，也許是上帝看他自己一個人要想那麼多名字太辛苦了，所以接下來就是上帝讓亞當睡了個長覺，在睡眠中對他動了手術，取一根肋骨做成了女人的始祖——夏娃。夏娃一旦出現，敘述就直轉彎，轉去了蛇的唆使、蘋果的誘惑，偷吃禁果之後的亞當、夏娃破壞了與上帝之間的關係，被逐出了伊甸園。

前前後後看下來，人與上帝的和諧關係如此短暫，更重要的，人與上帝真正好好一起做的工作，就只有那麼一千零一件——命名。上帝造之、亞當名之，在宇宙的創造中，人最重要的任務，最了不起的成就正是命名。在基督教傳統裡，人不可能和上帝平起平坐「參贊化育」，人與終極創造活動間唯一的積極主動關係，其實就是命名。

命名是一種僅次於創造世界的權力，然而命名又是一般人很難有機會享受的權力。因為在我們誕生之前，這個世界就已經固定了其萬事萬象與語言文字指涉之間的關係。語言是最絕對的多數暴力，當多數人都這樣稱呼時，個人哪有辦法力挽狂瀾、重新命名？

然而我們每個人內在都藏著一個亞當原形，我們都偷偷渴望能夠回到洪荒時代，回到不經過既定語言文字，直接面對自然，進而能夠任意自主予以命名的亞當式情境。

十九世紀當帝國主義發展到最高峰時，我們看到的不只是異境冒險，甚至不只是侵略屠殺，我們看到的是積極狂熱的記錄敘述。這些記錄敘述完全不顧當地原住人民自己的語言、自己的說法，純粹用帝國主義者的觀點，帝國主義者的句型，寫出了一個又一個的新鮮故事。

這些故事新鮮，因為不只是在既有的命名系統裡找出新的拼湊組合方式，而是興奮地把自己投入在一個想像的「亞當情境」裡。帝國擴張之所以那麼吸引人，一部分理由不正來自於有機會走到亞當沒看過的地方，命名他們認為亞當未曾命名的事物？

不過這種奇特的帝國主義式命名樂趣，畢竟只能是曇花一現的機會。而且這種樂趣只能從征服者的角度來感受，對被征服者而言，卻是雙重的痛苦悲劇，他們不只失去了自主自由，還失去了原來熟悉的一套認知、談說、溝通機制，帶來了加倍的無力與無奈。

滿足每個人內在的「亞當衝動」的主流力量，不是帝國主義的橫霸作法，而是詩。詩這個文類，雖然存在於既有的語言規律裡，卻又要假裝這套語言裡已經定型的命名方式不重要。詩用舊的字與句，去重新趨近萬事萬物，詩製造這種矛盾張力，而好的詩又要讓矛盾張力隱藏起來，在外表只讓人讀到用新方法命名的單純快樂。

你問我為什麼很多人年紀很輕，甚至年紀很小就可以寫很棒的詩，成長成熟後反而失去了詩的韻味或銳利？我覺得那恐怕和少年時期，我們已經在世界裡，卻還未對世界上的事物塑立穩定印象有關吧。少年時在語言裡，卻尚未曾習得語言中所有的規則。這種曖昧的位置，與詩的位置，最能呼應。

飄來，飄去。在我眼睫之前
小立門外，憶憶濤聲
黑衣人是雲啊！暴雨之前
我把掛在窗前的雨景取下
把蒼老的梧桐取下
把你取下（註）

這是詩人十八歲少年時期的作品。他毫不羞赧毫不猶豫地在重新命名他所看到的雨聲與雨景，雖然那個年齡的他原來是既羞赧又猶豫的。

我覺得很棒。

註：楊牧〈黑衣人〉。

把亞當偷偷送回伊甸園

詩人想孔想縫要把上帝伊甸園裡美好的事物偷來。這是詩人的職責。如果寫下來的詩句不像出自上帝手筆，詩人就失敗了。

W·B·葉慈寫過一首題為〈Adam's Curse〉的詩，依照楊牧的翻譯，開頭一段這樣說：

那年晚夏我們一起對坐：
你的好友那美麗溫柔的女子
和你與我，談詩。
我說：「一行往往必須好幾小時；
可是我們來回拆補的工夫徒勞
假使它看起來不像當時頃刻即有。
那就不如雙膝跪倒
廚房裡洗地板，或像老乞丐
且敲石子無論風吹雨打；
因為要將上乘的音質整體展現
比作那望之更加勞累，然而
總被當作游手好閒，被吵鬧的
銀行員，教師，神職人物之類——
殉道者稱之為世界。」

這是詩人對世俗世界發出的不平之鳴。從葉慈的詩中，我們看出他最受不了一般人將詩人視為「游手好閒」。他甚至情緒激越誇張地說，詩人對於詩句的經營，縫合與拆解（原文是 stitching and unstitching ）其辛苦勞累，還甚於跪在廚房洗地板，或不論颳風下雨在街道上敲石頭的工作。這麼艱難的事，這麼沒有報償保障，為什麼非但不能得到認可稱讚，還要被嘲弄譏諷為無所事事的懶惰閒人呢？

葉慈強烈的怨歎，還表現在這段最後一行詩句，葉慈用了「殉道者」在其中。殉道者視他們要解救的世界，甚至比自己的生命還要重要。可是從詩人的觀點望去，殉道者視為神聖的這個世界，畢竟還是如此庸俗，庸俗到無法理解詩人的辛勤努力。

不過如果我們只讀到葉慈的怨歎，那還是上了詩人的當，漏掉了狡獪的詩篇連綴間，詩人放進去的深層暗示意味。表面上抱怨詩人不被世俗所肯定，但詩句間葉慈卻已經提供了線索，讓我們明白詩人的工作為什麼會被誤解。

因為，照葉慈的說法，詩人耗上幾小時大半天之工夫，追求的是一行看來像是「當時頃刻即有」的詩句。換句話說，詩人花比在廚房洗地板、街上打石頭還要疲累的勞動代價，追求的是要想出、寫下那種看起來毫不費力、天生自然順暢乾淨的句子。詩人什麼時候被迫放棄辛苦努力的成果？當他覺得寫下來的句子，讓別人覺得造作、充滿斧鑿痕跡時；或者說得誇張一點，句子看起來像出於凡人而非上帝之手的，就不能留不值得留。

詩人追求的是如此，又怎麼能夠責怪別人不懂其中辛勤奧妙呢？事實上，我們從這個矛盾的邏輯中，理解了詩題〈Adam's Curse〉真正的意涵。詩的後面也提到了，亞當所受到的詛咒、懲罰，就是被趕出伊甸園，從此之後「天下一切美好非大努力無以致之」。在伊甸園裡，人類享受著上帝所創造的一切美好，不需努力不需付出，那是天堂那是仙境。離開伊甸園，人還存留著所看到的美好事物的記憶，可是上帝不再無條件提供這些美好事物，亞當的後裔子孫們，只好「大努力」去模仿複製。

詩人是什麼？詩人的努力是什麼？照葉慈的意見，詩人想孔想縫要把上帝伊甸園裡美好的事物偷來。這是詩人的職責。如果寫下來的詩句不像出自上帝手筆，詩人就失敗了。可是換個角度看，詩人成功的時候，他寫出的詩句「渾然天成」，讀者讀之也許通體舒暢、至高享受，然而他不會覺得這是詩人努力有以致之，他只會歎服詩人的天才天分，歎服賦予詩人天才天分的上帝。

你問我詩人能不能靠努力培養？這真是個難以回答的問題，依照葉慈的意見，也是我自己的信念，詩人當然還是要努力的，但成功詩人之所以成功，偉大詩人之所以偉大，因為他們拚命努力寫出讓人看不出任何努力痕跡的詩。詩人因為要偷偷扮演上帝，要把亞當偷偷送回伊甸園去，所以他們創造出來的任何東西，只好假裝就是上帝的恩賜，詩人半被迫半自願，放棄了別人對他們的努力辛苦的稱讚與肯定。

難怪我們以為詩人都靠天才。

教師與詩人

對人生充滿肯定、明確看法與意見的人，不需要詩，大概也無法從詩裡得到太多啟發。詩，尤其是現代詩，在形式上的基本方向，就是曖昧的、猶豫的，在肯定與否定間逡巡徘徊的。

在葉慈為詩人受到的不白誤解發出怨歎時，他特別指名了三種人——銀行員、教師及神職人員，這三種人最不能明瞭詩是什麼、詩人的努力是怎麼回事。銀行員及神職人員都是具有單一價值信念的人。銀行員看待世界、評價世界的標準就是錢；至於神職人員，就是上帝與教義問答。那麼教師呢？教師怎麼也會被列在這裡一起承擔葉慈的怒氣呢？

因為教師的工作，使他們總是必須提供是非分明、黑白清楚的答案。他們出的考題，每一題每一題總得有個標準答案吧，不然要怎麼打分數呢？教師的使命、職責就是找出標準答案，灌輸給學生們。然而偏偏詩與標準答案卻是無論如何不可能並存共榮的死對頭，從教師的觀點看去，他們當然無法理解、更不可能欣賞有人不斷在製造困擾困惑，不斷打破既有的秩序，不斷說著矛盾的話語。

說不定還有另外一個因素，使得教師們那麼不喜歡、不諒解詩人。那就是詩人的作品讓他們不解，挑戰了他們作為世界詮釋者，至少是語言文字詮釋者的權威。在成長的過程裡，我們對世界的認識，多麼依賴於教師的解釋！可是遇到了詩，教師往往無法再扮演稱職、權威詮釋者的角色，他們在詩的面前步履蹣跚、口齒不清，更難堪的是，他們有時會遇到學生對詩的接觸、掌握比他們還要強還要厲害的場面。

這是因為青少年們，在他們的世界裡還充滿了許多不確定，而且他們也還來不及將那麼多規律規則內化成為自己的一部分。在與詩接觸時，他們往往可以有直觀的親和本能，他們能和藏在詩裡面，詩人的曖昧、猶豫，呼應感應。

教師們不太能接受這樣的情況。憑什麼平日等待教師提供詮釋的小孩，卻可以宣稱識破看見了藏在詩裡面的神祕訊息？更何況問他們說到底從詩中得到了什麼讀到了什麼，這些小孩們通常也說不出個所以然來。他們只是如此神祕而衷心地被詩吸引，一行一行一首一首啃進在教師眼裡實在沒什麼道理的詩。

詩人與教師的對立與仇視，事實上也正是人生的問題與答案永遠無法協調的衝突。不過難道完全沒有哪個時刻，教師也會被詩所吸引，也會覺得需要詩嗎？

當然有。尤其是年輕的教師，不管對這個工作中必須提供答案的任務再怎麼認真嚴肅看待，也很難不被愛情所襲擾。而愛情帶來的正是最大的困惑，最嚴重的失落，最難以解決的不確定感。

愛情來時，一切都變得那麼可疑。從最根本上動搖了所有意義的定點。他的笑有意義嗎？她的眉頭是因為我而深皺嗎？他愛我嗎？她還愛我嗎？這樣表達的愛適切嗎？會不會嚇跑了他？她對我的愛是真的嗎？他愛我比愛她更多嗎？她愛我比愛他更深嗎？如果失去了他的愛，生活還有意義嗎？如果她不願接受我的愛，還能在哪裡找到光明？……

愛情本來就是一連串的問題。得不到答案的問題，就算浮現出一個答案，也必然立刻引起更多的問題。愛情迷人與折磨人的地方，就在愛情存在就有問題，一旦問題都解決了，不再有新問題、新的不確定感湧出，那麼愛情也就乾涸了。

所以在詩的傳統裡，不管什麼時代，不管走到哪裡，情詩始終都是最大宗。所以在教師們準備好的一倉庫又一倉庫的標準答案裡，就是找不到可以解答愛情問題的答案。當面對愛情時，就連教師也得放下對標準答案的信仰與堅持，轉而乞靈於詩與詩人。

一可怖之美就此誕生

我們反覆看見，那撞擊、那火光、那煙塵，我們知道在那裡，卻只能透過視覺的指涉去想像、去比擬的轟轟然吟吟然囂囂然呼呼然，在瞬間迸發如燄般，壓縮混同的聲音，玻璃、鋼架、機翼、泥灰、人體與血液、生命與靈魂，霎時間不再能夠分辨的某種不再能夠命名的巨大。巨大不是其名，是無可形容中唯一能夠拾撿起的無望、無奈與無能的殘剩的形容詞。

而那畫面反覆出現，無所遁逃。而我們反覆盯視，帶著不可思議的熱切與專注，非但沒有嘗試遁逃，且飢渴地一次又一次接受那刺激。飛機接近、飛機沒入，另一端爆炸凸漲，然後等著等著，等到世界貿易中心兩棟巨樓相繼崩垮的鏡頭，明明是固體、最堅固材料組合構成的摩天大樓，在我們眼前融化，一部分如液體般向下，向看不見的某個與地獄一般遠的深淵，沉落流瀉；另一部分則變形為氣體，沒有重量，連地心引力都攫抓不住的微粒，不停不停地向上騰升，彷彿可以一直無止息地騰升。

我們反覆看見，同時我們反覆疑問，這到底是什麼？那在我們心底騷動，使我們無法將視線從反覆的電視畫面上移開的，到底是什麼？我們究竟看到了什麼，我們究竟渴求看到什麼？

所有的記者、所有的專家、所有記者提供的事實與專家提供的分析，都不能真正回答我們的疑問。我們知道那是兩棟紐約地標灰飛煙滅，我們知道那是美國有史以來遭受的最嚴重的恐怖攻擊，我們知道有幾千人在事件中罹難。……但這些沒有辦法解答，甚至沒有辦法觸及，我們心中的那個最脆弱的問題：我們到底看見了什麼？我們究竟因何感動？為什麼面對驚心動魄的災難我們不是掩起臉來急急離開，到一個荒冷的角落悲傷痛哭，而是釘坐在電視機前面，無法離開也無法哭泣呢？

似乎只有詩人，只有藉由詩人引領我們繞遠遠的詩的道路，我們才能進到自己心中這塊不安海域。例如說藉葉慈的引領，繞過一九一六年的愛爾蘭復活節，聽到詩人告訴我們：「一可怖之美就此誕生。」（A terrible beauty is born.）

一可怖之美就此誕生，這正是我們所目睹的。美得如此可怖，而且因其可怖而幻化為無可比擬的美。美與可怖的結合，不可能卻又如是真實的結合，來自詩人更清楚的諭示：

我了然於胸明白

……

這一切都變了，完全變了。
一可怖之美就此誕生。
此刻以及永久未來，每當那時當綠衣身上穿著，
都變了，完全變了；
一可怖之美就此誕生。

可怖之美來自於我們相信的不變竟然「都變了，完全變了」。來自於我們原本在不變的預想下執持的所有價值與所有判斷，竟然都不再有效。在詩人的句子裡，我憶起過往每每帶友人遊紐約，不可免俗要搭渡輪去看自由女神像，回望曼哈頓南岸天際線時，總要表達對那兩棟超高方盒摩天樓的厭惡與厭倦，那造形的單調與誇張，充分代表著現代主義都市運動的失敗。然而那是在假設它們會一直存在著前提下的價值與判斷。此刻，對那兩棟不再占據天際線的大樓，只感覺到無限的懷念與珍惜。

都變了，完全變了：
一可怖之美就此誕生。

這是葉慈〈復活節，一九一六〉詩中的句子。葉慈寫詩誌念在復活節起義中喪生的愛爾蘭共和軍同志們。共和軍同志在四月二十四日以武力占領都柏林，然而隨後遭到英軍殘酷的反擊，四月二十九日，同志們慘敗投降。這悲劇，這歷史的沉痛，使葉慈寫下這些詩句。這裡引用的是詩人楊牧的譯文。

擺脫上帝、挑戰上帝的自由

車行路過敦化北路。從松山機場一路往南，突然眼前聳立著一幅大畫。梵谷的畫化身成為一棟大樓的外牆，大膽、近乎囂張地展現絢麗的顏色。再走一個路口，八德路口則樹立起好幾個看板，上面掛著的也是同樣由荷蘭銀行贊助捐贈的梵谷畫作複製。

梵谷成了台北街景的一部分。梵谷成為我們生活裡不必驚訝、不覺奇怪的一部分。

三十年前，余光中翻譯的《梵谷傳》初初在台灣問世時，梵谷是個陌生而且古怪的名字。更陌生更古怪的是他畫作所展現的那個視覺世界。那個世界如此「不像」現實世界。梵谷畫的星空，我們直覺地知其為星空，然而我們也直覺地嫌惡畫布的星空中不屬於自然的部分。《梵谷傳》告訴了我們一個重要的訊息：喔，原來梵谷是個瘋子！難怪他看到的世界跟我們不一樣。難怪他畫布上的星空，有那些不存在不應該存在的光芒漩渦，只有瘋子眼花了才看得見的狂亂景象。

《梵谷傳》其實還講了許多別的。最重要的是，梵谷透過他那看似瘋狂的畫，帶給現代繪畫，乃至現代意識的革命性衝擊。我們不見得一定要在畫布上扮演上帝的助手，將上帝創造的物件、景色，進行各種安排與修飾。我們可以改而自己做上帝，創造自己的世界。甚至直接扮演上帝挑戰者的角色，擾亂、重組上帝的作品，弄出另外一種可能的秩序來。

梵谷用他的瘋癲、用他大膽設色的狂亂作品，替人類打開了一份在視覺上擺脫上帝、挑戰上帝的自由。

是的，梵谷的畫是新的自由。在街上看見梵谷的畫，證明這個社會，和三十年前相比，領悟學得了一種新的自由；更重要的，這個社會建構起一套和這種視覺自由發生關係的機制、管道。

現在我們要接觸別的文化、別的時代曾經開創過的視覺自由，我們就辦展覽。美術館、博物館與大眾媒體密切合作，透過宣傳引來人潮、利用解說進行溝通，半誘導半強迫地讓這個社會民眾看到更多的東西，解放更多的視覺可能性。

這是個重大的進步。一步一步進到讓梵谷成為台北生活不被質疑、不引來大驚小怪的一部分。

然而在視覺自由上的進步，卻不免讓人對照感慨在價值自由上的停步不前。在現代性建構上，曾經發揮過和繪畫一樣強大解放作用的詩，尤其是以重組、挑戰「自然價值」為精神依歸的現代詩，卻依然躲在社會的角落，飽受冷漠青白眼，沒有機會也沒有管道影響、衝擊我們的生活。

梵谷的畫，展現著一種上帝所沒有的熱情。而波特萊爾的詩，則一再提醒，我們正在喪失原本上帝賦予我們的熱情。熱情，是開創自由的基本動力。

波特萊爾詩集《惡之華》的序詩〈給讀者〉，一開頭就指斥這個敗德的世界。人們愚蠢、自欺、自私、充滿欲望，而且對於敗德，我們只是口頭上敷衍著悔罪與悔過。在魔鬼的誘惑、安撫下，我們人生的旅程，只是一步一步走向惡臭地獄而已。

更殘忍地，波特萊爾警告，這樣敗德的生活帶給我們多大的樂趣嗎？其實也沒有，我們得到的，只是像老妓女垂皺的乳房，以及用力擠榨已經乾了的橘子般，那樣可悲的滿足。我們沒有成為殺人犯、縱火犯、強暴犯，因為我們甚至沒那個膽子。

這些看起來，都像是道德家的老生常談。然而筆鋒一轉，波特萊爾卻提出了新的教導：所有的敗德與罪惡，都比不上最大的、最醜陋的野獸，這隻打個呵欠就可以吞噬整個世界的怪獸是——無聊、冷漠、喪失熱情（Ennui）。Ennui 才是最可怕的。因為它讓敗德都沒有了意義。一切都沒有了意義。

波特萊爾用自己的熱情，展現一種現代的可能。開放一種現代的自由。可惜這種可能與自由，卻很少有人有機會去體會與欣賞。

詩人的筆名

有那麼一個時代，詩人總是要有一個寫詩的名字。用自己的本名寫詩，簡直就是件不可思議的事，簡直就是件褻瀆的事。

褻瀆了詩可以用來重塑一個人的至高功能。筆名對詩人而言，不只是一種掩藏，不只是一種附庸風雅，而是一股象徵著新的自己得以浮顯的力量。

在那個時代，人用詩來質疑上帝。原本的神學價值系統被翻轉過來了。上帝所創造的，自然所賦予的，非但不再是最好最完美的，甚至成了必須要被揚棄的對象。頂多退一步：上帝創造、自然賦予的是粗糙的原料，等待人力加工。

人現有的名字，成了這種上帝創造、自然賦予的「本我」的代表。要追求詩的存有意義，詩人們紛紛毫不吝惜地放棄了舊名，取了最能和自己的詩心詩藝相呼應相映合的筆名。

詩人不只是要寫出詩作，詩人要透過詩去重新建構一個不一樣的自我。自然生命裡所沒有的美或光輝或頹廢或苦痛，由詩人創造，存在於詩中，卻進而從詩裡漫淹出來改造詩人的特質。

難怪像T．S．艾略特那樣的詩人，想盡辦法摧毀他自己的傳記資料。他不是要故作神祕，而是他清楚體認到那些資料透露浮顯的艾略特，跟他試圖從詩去追求的特質特性，多麼樣天差地別。在詩的道德意念裡，唯有表現出不同於其作者的光與味與觸感，詩才有真正的意義與價值。如果「詩如其人」，那只要有「人」就好了，何必有「詩」？可是艾略特比誰都明白，在世俗的道德意念裡，如果發現了「詩非其人」的分裂，人們只會指責詩人虛偽。所以他乾脆想盡一切辦法讓「人」完全隱沒，只留下詩，只留下詩所建構、傳遞的超越的美與光輝與頹廢與苦痛。

「新批評」（New Criticism）強調作品本身完足，詮釋解讀作品不必多麻煩去看作者其人其意圖。這個曾經盛極一時，後來被批評、嘲諷得一塌糊塗的學派，在他們看似荒謬的主張背後，其實藏著嚴正嚴肅的價值信念。一種由詩、由像艾略特這樣的詩人衍生發展的價值信念。詩的寫作目的，就是要超越作者，如果寫不出超越自我肉體生命範限的作品，這樣的人是不配被稱為詩人的。既然詩人之所以為詩人，正是他揚棄了自己，揚棄了上帝創造、自然賦予的那個吃喝拉撒睡、行走上班戀愛、背叛別人又被別人背叛的世俗自我，那麼去追究他如何吃喝拉撒睡、去記錄他何時行走上班戀愛、去悲憐他被人家背叛、或指責他背叛別人，怎麼可能幫助我們多了解他的詩呢？更嚴重的，一旦把眼光放在詩人的世俗自我層次上，我們注定無法認識、了解他的詩。他的世俗自我傳記資料，反而成了我們閱讀詩作最大的干擾、最具破壞力的錯亂。

這其實是多麼純粹而高蹈的文學理想，由詩人經驗擴大膨脹而成的某種烏托邦神話。詩人一旦披上筆名，寫作詩篇時，他就成了與那本名的肉體與俗思俗念無涉的神話。比任何宗教修行淨化想法都還要誇張的神話。

在除魅（disenchanted）的世界裡，神話當然無法維持。就連艾略特也無法完全隱藏他的世俗自我，無法阻止傳記作家替他寫傳，無法阻止文學史家用那些拼湊的資料來解讀他最超越最艱深的詩，然而筆名的神話破滅了，「新批評」也土崩瓦解了，不過這份純粹而高蹈的夢想，卻不可能完全消逝。

夢想留下殘跡在許多詩篇裡。留在詩的閱讀的樂趣裡。透過詩，我們總是在想望渴求某種不同於上帝與自然的東西。也只有當我們讀到某種不像是俗世裡會存在會出現的美與光輝與頹廢與苦痛時，我們才確信自己進入了詩中，證明了詩的存在，相信了詩的必要。我們也才開始崇拜詩人，儘管我們崇拜的對象，不見得和寫詩的那個肉體靈魂相印相符。

戴上了面具的詩人們

W・B・葉慈有一首長詩，〈Ego Dominus Tuus〉，楊牧譯其題為〈余爾等主〉，詩中假想了兩個對話呼應的聲音，一個是Hic（拉丁文「這個」的意思），一個是Ille（拉丁文「那個」的意思），「這個」和「那個」婉婉委委、迂迂折折對話，討論的正是葉慈最感興趣的主題：自我如何尋得神祕經驗裡藏著的我或我的意象或我的對應，如何挖掘如何認識。

詩中最後一段，有這麼幾行：

我呼那神祕客之名，他將
還須行走水湄潮濕的沙塘，
肖似最我，其實正是我的替身。
證明為所有可思議其中之
最不相同，正是我之反自我，
並且，堅守這些人物之所揭曉
為我一切的追尋……

把類似這種「在自我中尋找出反自我」意念表達得更清楚的，應該是葉慈更早寫過發展過的「面具論」。讓我抄錄一段：

如果無法想像出並扮演異於現實的第二自我，我們就不能給自己一番紀律與訓練，只可能接受外界別人所加諸我們的改造。不同於被動地接受當令的價值規範，有一種「主動的美德」（active virtue）。「主動的美德」具備著表演的特性，自覺的戲劇性，如同佩戴一張面具。這是過著充實認真生活的基本條件。

葉慈的用意，依我的理解，首先指出：我們的現實平凡生活充滿了混亂、無意義的隨機變數，是一種既不認真又不充實的敷衍了事。或者用葉慈更誇張的說法，只是「坐到桌前吃早餐的一堆意外與不協調」。如果我們自己不能找到統一的、必然的性格與意義，那麼很容易就會被外在的社會力量侵入，以其集體的淪肌浹髓壓力，強迫給我們定位與定性，我們就成了某種別人眼中形塑的幻影，不再是自己。

要避免這樣的情況，唯一的方法就是以「主動的美德」選擇一個面具，戴起這自我選擇的面具，以這面具來整合所有的「意外與不協調」。這面具既然是面具，當然就是表演的、戲劇性的，面具掩蓋過了原本雜亂無章、鬆散拖沓的生命原貌，給生命一份「紀律訓練」，收拾乾淨，讓別人一眼就能認出來。

可是這樣一張自己選擇、刻意戴上的面具，究竟是我還不是我呢？既是我，也不是我。面具不會是我，因為它隱藏了真實的我的意外與不協調，而沒有任何一個人的真實生活裡沒有意外與不協調。但面具又必然是我，因為它是內中自生，而不是由外強加的。面具不只是選擇，更是意志與宣告，主觀主動地向世界大聲地說：「我是這樣的人！看我吧，我是這樣的一個自己設計、自己編劇的角色啊！」

所以雖是「我之反自我」，卻又最肖似我，這是詩人的終極追求，這是詩人的終極詭戲。

你問我：詩人是真誠的嗎？你說為什麼你看到的浪漫詩人本人一點都不浪漫？為什麼詩中元氣淋漓的詩人，在現實裡那麼委頓畏葸？為什麼詩人明明保守、膽小，對人總露著一副諛媚的笑容，然而他的詩卻寫得如此「顛覆」，如此鄙視流俗？

我只能搬出葉慈來，試圖回答你怒沖沖的質問。詩人在詩中所發出的，是戴上那個面具後的聲音。詩人在詩裡試驗、展現的，是他選擇後的一種角色。他用這個角色企圖抵擋所有那些意外與不協調對他的侵蝕敗壞，他表現了如果有辦法去除所有意外與不協調，自我的強烈意向。

然而他不一定真的抵擋得了意外與不協調。面具不見得反過來能夠訓練得了他、紀律得了他。自己的生命很可能承受不起他所選擇的面具。這是常有的事。但詩人在現實生活上的無能，並不妨礙我們去聆聽去欣賞他抵擋意外與不協調的企圖與努力。即使這些企圖與努力，最後成了諷刺劇或悲劇。

詩與詩人的特權

詩是特權，我向來如此深深相信。詩人是一種完全不一樣的存在，因為不一樣而能擺出睥睨的姿態，而能孤獨孤立地拉開與人間的距離。

我向來如此深深相信。

少年時代稍稍碰觸到詩與詩人，就感受到、進而折服於這中間強大的自信力量。在那個蒼白蒼灰蒼茫的時代，面對直逼到眼前鼻下的種種禁抑與制限，一點點的詩的暗示與啟發，竟然也就能協助我度過那最艱難的青春時期。

不過在那個時代，我真的不是很清楚很明白，詩的特權究竟是什麼？我也弄不懂憑什麼詩人可以這樣傲慢，對整個世界無禮？就像其他人被政治或金錢的權力影響所吸引般，我們無可抗拒地走向詩。

花了超過二十年後，才開始慢慢懂得如何去解釋詩內在的奇特權力。詩與詩人被允許可以不必正確、不必博學、不必合乎別人規定出來的邏輯。在詩及詩人以外的真實世界範圍發言說話其實是有嚴格規則的。沒有去過的地方，你不能寫遊記。沒有學會固定的術語，你表達的專業意見不可能受到尊重。沒有充分掌握與吸收消化知識，你講的事別人沒道理要聽。

即使是寫擺明了虛構的小說，都有比詩更嚴格的紀律。小說的事件與語言在情境中推展，建構鋪設情境則有賴於豐富的細節。這些細節彼此之間必須邏輯一致。小說可以脫開現實邏輯，可是好的小說卻必須弄出自己的一套邏輯，愈複雜愈緊密愈好。

詩不一樣。詩人可以對不知道的事談天說地。詩人甚至可以自己去創造出無知，躲在自造的無知所張開的神祕篷帳裡，悠然蹈舞。

我記得我對詩的領悟，一個重要的進階經驗。讀到詩人楊牧描述幼年時候的經驗，坐在花蓮明義國小的教室裡，看著遠方高聳的山，聽不進老師講的任何東西，偷偷想著那高山上到底有什麼事情發生。那山太神祕、太遙遠、太崇高了。而且到了冬天，山頭上還有雪花冰霜覆蓋著。

那山是怎麼一回事、雪是怎麼一回事，都有知識與道理上的解釋，然而存留在尚未長大成熟的小孩心中的猜測、懷疑與震動，則是詩。或者是詩的原型雛型。

不需要知識、不需要事實，如果你能表達出那樣的猜測、懷疑與震動，那雪花冰霜覆蓋的山頂可能或不可能的景致，詩就形成了。那景致、那雪花冰霜和那山裡彷彿帶來顫震的感受，可以都沒有事實基礎。詩完成了就是一切。這是詩與詩人的特權。

回到你問我的問題吧。詩是不是應該本土化？詩是不是應該描寫自己熟悉的事與深摯的感情呢？

我的答案顯然是否定的。因為那樣不就放棄了詩與詩人的特權了嗎？在某個特別的時代，當本土化的熱情燒到最高點時，我完全相信這個社會的自我了解如此薄弱與拙劣，我也投入地鼓吹對土地與親人、鄰人的切身關懷具有道德性的迫切性，然而每次遇到談論詩與詩的性質的場合，我就覺得痛苦不堪，一種撕裂的、不能自圓其說的痛苦。

我怎麼說服自己去剝奪詩的特權與詩的遙遠陌生魅力；然而我又怎麼說服自己本性的道德要求不適用於詩呢？

經過將近十年，我才想清楚了，也才選擇清楚了。的確，詩之所以存在，這個世界之所以需要詩，正因為我們不能甘於只活在熟悉的世界裡。過去畸形的發展讓我們疏離、荒廢了對周遭的認識，然而我們不能因此就懲罰詩，就不讓詩和詩人出發去冒險。

去他們不清楚不明白不了解、永遠也沒打算要弄清楚弄明白的覆雪高山上冒險。那是詩和詩人不可被剝奪的特權。

對真實不甘心，對事實不信任

詩不只記錄、描寫美好的事物。事實上，只記錄、描寫甜蜜、美好事物，沒有怒濊、沒有恐慌、沒有邪惡陰影的詩，是最難寫的。這樣性質的東西，在世界上另有宗教頌歌與極權社會的官方文告，而這兩種東西，都是最虛偽最不真實，為詩人所不屑的。一個詩人，如果失去了探求真實的基本好奇，他也就必然失去讓詩成立的精神動力了。

詩人所感受的，詩人所想要表達的真實是什麼呢？最近讀到這樣的解釋：

……假定夜裡在一條沒有人影的寂寞街上遇到一個手拿著棒子的奇怪男子。實際上他是一個一六二公分左右的削瘦窮酸的男人，手上拿的棒子也只是像研磨棒般的小棒子。這是事實。可是我想擦肩而過時的真實感覺，對方卻可能看起來像是一八〇公分左右的大塊頭男人。手上拿的東西可能看起來像是金屬製的棒球棒。所以你會心臟怦怦跳，那麼哪邊是真實呢？我想應該是後者吧。

這話是村上春樹說的，出現在《約束的場所》書中，他和河合隼雄的對話裡。我們甚至可以這樣誇張地說：詩人在描寫他的真實感受時，必定扭曲或拒絕了事實。他不接受事實表面的簡單資料，他不接受事實呈現的平板樣貌，因為自己對事實的不接受與不信任，才讓詩人可以恣意地挖掘內在的感受，也才能替我們捕捉到那經常被淹沒在事實裡，或被事實所輕蔑、否定的真實。

如果回到村上春樹所用的比喻，我們一般人在暗夜闃寂的深巷裡，與手持棒子的男人擦身而過，那巨大的、幾乎超過生命本身負荷極限的恐懼，是真實的。然而擦身而過沒有發生什麼事，我們的感官恢復了，於是我們重新整理經驗，找到了「事實」，在

「事實」的映照下，我們嘲笑自己的怯懦，於是將前一剎那還如此沉重真實的恐懼，毫不吝惜地丟棄了。說不定是我們一生經歷過的最深的恐懼，就因為與「事實」不符，而被無情地拒絕了。

許多詩人之所以為詩人，就在他們對這種真實不甘心。有一種精神上的或美學上的，甚至道德上的責任，讓他們覺得必須去留住這即使與事實背離，都不該被否定、丟棄的真實。

對於真實的感應與追求，使得詩始終帶著剝除不掉的闇影。詩人帶著他對事實的不信任，總是會在事實的美好裡，找到一些猶豫與憂慮。如果他接受了事實表面的陽光與歌聲與幸福美滿，那就大可以舒舒服服坐下來盡情享受，不必寫詩了。

反過來看，詩人如果感受了、記錄了某種在心版上閃過的真實美好，那甚至連實際世界裡都不見得找得到的瑰麗豐華，我們又立刻會明瞭，詩人更明瞭，這真實美好瞬息即逝，終究只會存留在詩人的詩中，再無處可尋。換句話說，詩所記載的，不是美好本身，而是美好逝去的痕跡，記載的本身就宣告了美好的散逝。

因著現代詩學內部，詩人與事實間的這種齟齬關係，使得寫詩與讀詩，難免都沾染上一層悵惘及陰鬱（melancholy）的色彩。讀詩寫詩，往往不是件愉快的事，至少不是件以喜悅為其主旋律主要動機的活動、行為。

現代詩的經典寶庫裡，充滿不愉快的作品，也充滿了追悔愉快無從存留的作品。而驅動詩人寫出最好、最感人的詩的，往往是恐懼、是難以排解的憂悶，或者是投身時間湯湯洪流中，渺小的無望與無助。

詩，在我的理解中，是個有特殊性格的文類。它不是中性、公平的載體，開放地讓人自由地裝填任何東西進去，都無差別地接受。詩，堅持頑固地拒絕快樂與愉悅。

強烈而誇張的詩人自信

如果讀一本書而我感覺到全身上下冰冷，沒有任何火光可以讓我溫暖，我知道那是詩；如果我明明白白感受到好像頭頂被掀開了，我知道那就是詩。這是我僅知的辨認詩的方式。還有別的辦法嗎？

這是Emily Dickinson說的。她對詩的領受如此直接而強烈，她不是也不必透過傳統的形式安排，來判斷自己所讀的究竟是不是詩，她藉著實質的身體反應來試驗詩，也縱容詩試驗她。

這一段話，強烈而誇張地表示了詩人與詩的關係。不過更強烈、更誇張的是，Emily Dickinson 顯然自己並不覺得如此意見很強烈、很誇張。因為這段話不是她自己用白紙黑字寫下來，意圖傳遞給讀者的，這段話出現在她和 Thomas Wentworth Higginson 的會面對話中，才由 Higginson 記錄轉述的。

而 Higginson 是 Emily Dickinson 自己選上的詩的導師。從一八六二年開始，Dickinson 就寫信問 Higginson 種種關於詩的問題，她總是謙虛地問著：「我能稱你為指導者、老師嗎？」「你願意幫我，再幫我一次嗎？」「如果你真的認為我太魯鈍或太不受教，請千萬明白地拒絕我。」……她在寫給 Higginson 的信裡，總是自稱「受學者」、「學生」。

他們通信的期間，Emily Dickinson 一直請求 Higginson 能夠撥空到麻州的安赫斯特看她。Higginson 拖著拖著，拖到一八七〇年，通信相識八年後，兩人才第一次見面。那次會晤為時也只有一個小時左右，就在其間，Emily Dickinson 講了很多奇怪的話，問了很多奇怪的問題，奇怪到讓 Higginson 忍不住原原本本逐字照句地筆記下來。

從這個脈絡與過程，我們驚訝地發現，Dickinson 不是語不驚人死不休地作出一番關於詩的觀察。她是認認真真地努力要問出心中的疑惑，畢竟面對的是她敬愛、又難得一見的老師。她衷心想知道，除了那麼強烈的感官反應之外，世界上其他人還有其他方式來接近詩，來辨視、證明詩的存在嗎？

可是她的問題本身，已經排除了任何其他答案的可能。因為她提出了浪漫主義貫穿到現代主義，多少詩人夢寐希望達到的終極定義。詩不可以理性定義，詩只能藉由最好的詩人的直覺來發掘來指認。還有別的辦法嗎？有，但別的辦法都沒有那體內的寒冷、那被掀開頭蓋骨的感覺，更權威更準確。

Higginson 沒有告訴我們，他是如何回答這個問題。其實就算他回答，大概也沒有人會在意。就像他曾經給過 Dickinson 那麼多關於寫詩的建議，後世卻從來沒有人去討論他對 Dickinson 的詩藝到底有什麼貢獻。後世注意、在意的，是 Dickinson 如何保有了自己的神祕、隱匿與內斂風格，在最小的題材裡去開發最大的隱喻、宇宙的聯想，換句話說，Dickinson 如何拒絕了 Higginson 對她的影響。

Dickinson 對詩的感受，如此強烈而誇張，她怎麼可能委屈自己的感官直覺，真的去聽從別人的瑣碎建議呢？不過話說回來，一個讀到對的詩、好的詩，立刻能從體內頭頂接收到那訊息的人，為什麼會一直乞求著一個老師對她的指導呢？

仔細翻讀留下來的書信，以及 Higginson 的自述，我們驀地理解：Emily Dickinson 最是有求於 Higginson 的，其實是要藉這個老師的權威，宣布她的詩不成熟不成功，還沒有到達可以發表的地步。用老師的意見作擋箭牌，Dickinson 更深深地將自己埋藏在別人都看不到的角落，安心地繼續創作她那些因不欲與人溝通，才更純粹更精采的詩。

Dickinson 要的，只是 Higginson 反覆地說：「妳的詩還不夠好。」這樣就可以了。那麼 Higginson 真的眼光那麼差，看不出 Dickinson 詩的力量與價值嗎？恐怕也不是吧。他面對的是排山倒海而來，無論如何不能承受這個鄉下小女人寫的詩比自己寫的，強上百倍千倍的事實。詩人與老師，配合著悲愴音樂跳著壓抑的雙人舞，兩人都飽受折磨，卻成就了上千首遺留給後人，Emily Dickinson 的詩。

在那一眼的時光中，享受難得的迷離恍惚

韋伯（Max Weber）一針見血地指出：現代社會、工業文明之所以使人憂鬱、讓人痛苦，根本因素不見得是混亂的都市、無聊反覆的工作，或佛洛伊德宣稱的對性的無情壓抑，而在於「除魅」（disenchantment）。過去的時代裡魅惑人的神話、儀式、熱情、狂亂，在現代社會、工業文明裡，不再可能。

我們被訓練得太清醒了。不再有任何「高級形式」的超越經驗，可以和科學理性平起平坐，提供給我們外於這個現實的迷疑恍惚。神話、儀式、熱情、狂亂的表面現象可

能都還在，不過它們都被降級了。我們明知它們是逃避現實的工具，我們還常常懷疑它們可能含藏騙局，這「明知」，這「懷疑」，就使我們沒辦法像古人前人一樣真正進入那神話、儀式、熱情與狂亂，從神話、儀式、熱情與狂亂裡得到純然異於現實的感受。

現實陰魂不散，我們失去了向某個無形的現實主管說：「對不起，我要去休個假」的權利。以前的人可以透過許多方式脫離現實、穿梭異質精神領域，得到休息、發洩與滿足，我們不能了。

在「除魅」了的社會裡，成人與兒童的世界開始劃分得越來越清楚。兒童不再只是正在學習成為大人的階段，兒童有了自己的「文化」。「兒童文化」裡就包藏了所有失落了的魅惑，化身為「童話」保留著。越來越多專門寫給兒童讀的故事，其實何嘗不是反映了大人的一種補償心理，希望把那逝去不可追的天真迷疑恍惚、事物尚未有其井然理性秩序前的狀態，偷偷存放在兒童的背包裡。

托爾金（J. R. R. Tolkien）寫《魔戒》，一個很了不起的野心，就是要正面迎戰這個「除魅」大怪獸，要去創造出可以「再魅化」現代社會的神話力量。現在被稱為「魔戒前傳」的《哈比人》，雖然在故事情節確實與《魔戒》相銜接，但在精神上，大異其趣。《哈比人》還是個給兒童看的簡單冒險故事，《魔戒》卻是個不滿意於只把天真留給兒童，也要去魅惑成人的神話建構工程。

工程浩大而艱難。費去了托爾金十六年的時間，擴張到將近兩千頁的篇幅，才完成了一個在二十世紀還能將成人偷偷運送到一個神祕世界彼岸的密道。讓人「再浪漫化」，讓人重返充滿未知的前理性森林。

在思考、創作《魔戒》時，托爾金曾特別強調要讓人「自願暫時中止不信仰」（willing suspense of disbelief），在相信一個異質神祕存在的瞬間，人擺脫作為現實中「被創造物」（creatures）的地位，提升為「次創造者」（sub-creator）。因為他創造了一個雖然不完美、不夠複雜，但至少是異於現實的想像宇宙。

在這一點上，《魔戒》與詩是相通的。詩是什麼？詩為什麼那麼難接近那麼難懂？因為詩就是神祕。詩就是在一切變得清清澈澈、光溜溜的時代裡，堅持神祕、不暴露不脫光的力量。詩的形式也許前衛，但詩的這股精神，卻有著某種古老、返祖的保守與固執。

當然，詩和《魔戒》不同，詩提供神祕經驗的方式是很個人的。詩人很少、也很難像托爾金那樣，去建構那麼龐大的異質世界，然後張開大門請大家都進來。你一旦進去了，托爾金就用敘述與神話原型力量，把你陷在裡面，越陷越深，直到你暫且忘卻了現實，暫且將自己的「不信仰」繳械交付保管。

詩比較像小小的、陰暗的悠深花園。圍著高高的牆，只有一道很窄很窄又很難找到的小門。然而在跨入門的那瞬間，即使是只有一眼的時光，你進入魅惑的過去經驗裡，回到神話、儀式、熱情與狂亂的人類集體童年記憶裡，在那一眼的時光裡，享受難得的迷離恍惚。

以自己的時間走著自己

故事和小說最大的不同，我越來越覺得，在於故事是有結局的，小說卻沒辦法停止。這是現代小說一種作繭自縛的宿命。還沒有小說的時代，人們信口講著故事，故事成立的先決條件就是：在日常生活正常運作之外發生的稀奇古怪的東西。本雅明（W. Benjamin）提醒我們：以前講故事的人，幾乎都是來自遠方。不然至少故事得發生在遠方。「很久很久以前……」「在很遙遠很遙遠的地方……」這才是傳統故事最典型的開頭。

講故事的人擁有幾近絕對的權威。因為他要講的就是你不知道的事。古老國度裡一個神奇的國王，或是森林深處一隻你找不到的精靈。因為你不知道、你不可能知道，所以你也就不可能質疑。聽故事主要的享受，就是讓故事把我們帶到另一個陌生的時空裡去。

故事和我們真實的、平凡的、瑣碎的生活沒有關係。故事裡的人是和我們不一樣的。故事裡稀奇古怪的東西不會出現在我們周遭。所以故事能夠形成一個自主充足的意義體，像個花瓶般，有頭有尾有中腰，它就在那裡，在該開始的地方開始，在該結束的時候結束。

小說最麻煩的地方，就是和日常生活糾纏不清。小說寫的是在日常情境下的人物。不管那些角色的心理有多複雜，不管他們的遭遇多麼神奇，不管他們感情起伏如何激烈與戲劇化，他們活在一個我們熟悉、我們明瞭的環境裡，讀者老是覺得有權利、有資格問：「那後來呢？」

小說結束，不管在哪裡結束，我們老覺得角色的日子還要過下去。所以讀者會問：「那後來呢？」弄得寫小說的人心裡也犯嘀咕，自己問：「那後來呢？」明明還有無窮無盡的「後來」，小說憑什麼寫到這裡就停下來了呢？

事實上，正是這種小說怎麼寫也寫不完的困擾，後來反過來影響了故事。所以我們現在聽故事，動不動也要問：「公主與王子結了婚，然後呢？」連看再傳奇不過，努力要恢復故事傳統的電影《鐵達尼號》，都還有人堅持要問：「要是傑克沒死，那會怎麼樣？」

傑克死都死了，還能要怎麼樣！可是沒辦法，讀小說讀習慣了的人，對越是成功的人物角色，越是栩栩活在日常瑣碎細節裡，和我們一樣有血有肉的人，越是忍不住要去追問：「那他後來呢？」這就是為什麼，剛開始學寫小說時，我筆下的每一位主角，到小說結尾幾乎都難逃一死的命運。並不是年少的我已經對於死亡有任何認識，更沒有怎樣的魔魘著迷，純粹是因為死亡提供了最絕對（當時看來）的結束，解決了小說形式上的窘窮。

在這點上，我一向羨慕詩與詩人。因為詩完全沒有這樣的窘窮。詩在生活裡，卻又出乎生活外。詩創造自己的時間觀，而且也只有充分體現自己的時間觀，擺脫了日常時間的始與終與延續的，才能成為好詩。我的老友初安民的詩句：

這個龐雜繁響的世界
酷似一家鐘錶店
錯錯落落先先後後
各自以自己的時間走著自己。

就是詩人的世界，一種夾雜著自傲與自棄情緒的錯落紊亂。
還是初安民的詩句：

有一些怵目心驚的感情
常常迫不及待的哭了
棧堆起來的漂泊
彷若一叢一叢零亂的刪節號

詩的組構，充滿了刪節號。現代詩的分行形式，基本上就是讓行與行之間的停頓，構成一個實質上的刪節號。詩人不斷刪節，他們刪節掉大部分的世界，只存留只顯露小小部分，於是對著他們最大的刪節，詩的結尾，我們怔然呆望，不知還能如何追問。

詩沒有結局，因為詩人擁有把結局都代換以「一叢一叢零亂的刪節號」的特權。詩人以自己的時間走著自己。

詩人這個行業

我知道這很矛盾：我希望看到更多人寫更好的詩，更多人獲得讀詩的樂趣，我卻不鼓勵選擇詩人作為一種行業。

詩是一種生活方式，詩人是一種身分，然而詩與詩人，它們和這個世界之間的關係，滿特別滿奇怪的。做一個認真的、執著的詩人，是很辛苦的，不，幾乎是不可能的。詩不斷在挑戰我們日常使用的語言，透過浪漫化、神祕化、透過極度誇張放大的光明或陰鬱、熱或冰、狂喜或憂鬱，來開發新的說法，逗引新的感受。而這一切的努力、這一切的活動，不會只是表面上的文字遊戲，必然牽涉到內在大腦或心靈深處真實而劇烈的騷動，詩與秩序一直是對蹠而舞的，或者應該說，為了尋找自己的、獨特的秩序，詩必須不斷從既有的秩序裡游走、剝離，再轉過頭來，擺出某種姿態對既有秩序大聲詈罵或冷語嘲諷或傲慢鄙視或假裝完全視若無睹。

詩人比革命家更糟糕，革命家擺明了要打要砸，革命家也必然承擔了打砸現實之後，必須提示未來不同圖像的經驗。革命家的理想，大半是不切實際的、瞻前不顧後的，甚至是完全不合邏輯的，但至少他們有這種明確的理想。詩人沒有，詩人更狡獪、詩人更複雜，他們不會也不能只是討厭、反對既有程序，他們還要不斷挑逗、利用既有秩序，若即若離，時時否定與否認。

沒有這種本事，寫不出好的詩來。對這種與既有現實秩序之間的關係沒有深切體會的，寫不出好的詩來。詩人這個行業之所以不可能，就在於：如果詩的精神、詩的態度與詩人合而為一，這個人勢將成為社會上極怪異、極討厭、極讓人難以忍受的分子。然而如果詩人大剌剌地和社會和平相處，應對進退都很合宜的話，我們一定又會受不了他的人和他的作品，如此不相襯。古往今來，多少讀者見到、遇到了仰慕的詩人，留下了失望的紀錄、不堪的故事。

只有極少數詩人，真正活得像首詩，活得像他自己寫的詩。拜倫（Lord Byron）是少數中的少數。他不定著的生活、激烈多變的個性、追求浪漫事物的果敢與絕對態度，都像首詩，像他自己寫的詩。他連生命中最悲慘的經驗都像詩，他連死都死得具有豐富的詩學意義（poetic significance）。

然而做拜倫的家人，卻是比恐怖片還恐怖的噩夢。拜倫的妻子臨盆時，拜倫整晚在樓下的房間裡，拿瓶子砸天花板。看到新生女嬰時，拜倫悲憤交加，說：「妳要帶給我多少折磨！」女兒出生一個月後，拜倫的妻子帶著嬰兒離開了，拜倫至死沒有再見過這個小孩。

拜倫的太太只跟他共同生活十一個月。她真的恨透了大家崇拜的拜倫。她害怕女兒身上流著拜倫的遺傳血液，因而不只是不讓女兒多知道任何關於拜倫的事，而且以驚人的意志強迫女兒只能接受和詩距離最遙遠、最不同的東西，那就是數學，純粹而絕對的理性與秩序。

Ada Byron，拜倫的女兒，是個數學家，而且是個出名的數學家。據說她是全世界第一個發明電腦程式的人，美國國防部用來發展武器控制系統的電腦程式，代號就是 Ada。不過我們仔細查驗史料，卻發現 Ada Byron 其實沒那麼厲害，她的數學學得並不算特別好，很多基本的概念她都沒有充分掌握，不過她確實對在當時最標新立異、不被數學界主流接受的「思考機」（計算機的原型），有過熱情的好奇與研究。

換句話說，Ada Byron 雖然沒有寫詩沒有詩人身分，她卻還是在最嚴謹的數學領域裡找到了最不安穩、最不可靠、最新奇怪異的部門，投注她的興趣與精力。而且她的名字今天還會流傳下來，不是真的因為她的數學成就，而是因為她是詩人拜倫的女兒。大家看中了大詩人的女兒成了大數學家的故事中的強烈戲劇性。

她還是逃離不開她的父親，那個終極的、絕對的詩人拜倫。

有時，詩的否定還是詩

在眾多關於詩人拜倫的故事中，最讓我難以忘懷的是 Thomas Moore 記載的這一段：

一八一二年，拜倫二十四歲時，有一個晚上和兩位少年時期就認識的好朋友胡混，混到半夜，街上每家店都關門了，再也沒有任何地方好去了。拜倫和 Bailey 手挽著手，Madocks 負責說說笑笑，在街上漫無目的地閒逛。走著走著，他們在一戶人家的門階上發現一位看起來像是乞丐又像是流鶯的女人。拜倫好意地拿了幾塊錢要給那個女人，沒想到她竟然用力推開他的手，然後在一陣大笑中殘酷戲謔地模仿起拜倫走路一跛一跛的樣子。

拜倫什麼都沒有說。不過和他靠在一起的 Bailey 可以感受到他身體劇烈地顫抖著。這就是我說的「他生命中最悲慘的經驗都像詩」。我無法想像對拜倫而言，有什麼比這個更悲慘的了。拜倫是個先天的扁平足，而且因為後天的醫療不當，造成他終身走路不太正常。為了要彌補這樣的缺陷，拜倫努力訓練自己，強迫自己成為板球的好手，而且還練過拳擊、劍道、馬術、游泳，都得到了相當不錯的成績。

一、兩百年來，熱愛拜倫及拜倫的詩的人，幾乎都不記得他跛腳的毛病。所有熱愛拜倫及拜倫的詩的人，也幾乎都只記得他是 Coleridge 筆下形容「發光的、為光線而活的」（things of light, and for light）美男子，而忘掉了他曾經好幾次肥胖臃腫得讓人認不出來。拜倫的家族遺傳本來就有肥胖的傾向，拜倫的美貌常常要靠他以近乎自殘的激烈飢餓節食手段，才有辦法維持。

我們不記得這些，因為拜倫要我們記得他是浪漫時代最典型的詩人，最典型的詩人英雄。詩人英雄的形象在他身上完成，規範要求後世所有的詩人向他看齊。

我們記得、我們認識的拜倫，徹頭徹尾是顆不安的靈魂。他不安、他憂傷、他卻又不時爆發狂熱的感情。他永遠無法定著，永遠在為某種逝去不可追的事物追悔感嘆，卻又永遠不會學習教訓把握現實。

或用青年魯迅在〈摩羅詩力說〉中對拜倫最推崇的語言說：「……立意在反抗，指歸在動作，而為世所不甚愉悅者……不為順世和樂之音，動吭一呼，聞者興起舉天拒俗，而精神復深感後世人心，綿延至於無已。」

拜倫厭倦這個世界，看不起所有的人，因為厭倦因為看不起，才寫那些或諷笑或悲愴的詩。然而他的詩，所有的厭倦與看不起，卻又回過頭來風靡了這個世界，讓大家覺得他觸動了我們某根心絃，這是拜倫所呈現的一種新的詩的可能。厭棄、咒罵這個世界，卻依舊被他所厭棄、咒罵的這個世界歡迎、擁抱，如此弔詭的矛盾統一。

然而這樣一顆高傲的靈魂，竟然在最深最深的夜裡，被一個任何人一眼看過去都覺得狼狽不堪，卑下社會中最卑下存在的女人，鄙視、厭棄、嘲弄。他高貴的靈魂形式，在那短暫的戲劇性會面中，完全隱藏了，展現在外的只剩下他那不幸的跛腳，在最不幸的女人的眼光中，拜倫比她更不幸，拜倫被化約到只剩下那可笑的一拐一拐的走路方式，那可笑的殘缺。

而且拜倫無從辯駁，他完全無法和那個狂笑中的女人計較什麼，他對她的同情施捨，反過來成了他自己卑陋的最佳證明，他用自己最厭惡的世俗方式對待他以為可憐的人。至少在那一瞬間，那個可能完全不知詩與詩人為何物的女人，提升成了某種神祕的「拜倫英雄」的化身，勇敢地拒絕這個世界想要給予她的同情，並冷酷地指出同情她的人其實自己有更大更嚴重的缺陷。至於拜倫，則既是詩人，又同時是詩人最討厭的世界的代表。

難怪他只能劇烈地顫抖，在顫抖中，這對拜倫而言最不詩意的悲慘片刻，卻成就了另一種生命詩學。

詩與地震與發燒

W・H・奧登曾經說，寫每一首詩都必須經歷可怕的感覺，不確定這詩會不會就是他一生中能寫出的最後一首。

當然不是因為這首詩會成為無法超越的完美傑作，而是不知道下次寫詩的感覺什麼時候會出現。無法控制、無法期待的不確定感。

詩對詩人的折磨。詩無法練習，詩也無法循序進階。尤其是去除掉了大部分聲音技術，轉化成為純粹個人精神與個人感動的呈露的現代詩。傳統詩，不管是中國的或西方的，比較像是鋼琴演奏。你從拜爾練習教材開始，然後一步一步一級一級學會越來越多的技巧，然後就越來越能應付更複雜的曲式，表達越來越豐富的內涵，也就取得人家越來越高的肯定與尊重。

傳統詩的創作性質，也比較接近音樂的再詮釋。有很大一部分，是在文類成規裡定好了的，就像鋼琴家依據著寫好的樂譜彈奏一樣。創造變化的部分，是在這些文類成規中開放出的有限自由，因為有限，所以即使是沒有什麼原創天分的人，也能夠按部就班走過來，而且可以按部就班地一直走下去。

現代詩不再是這樣。現代詩是極度個人、極度孤獨的心理價值下的產物。詩人孤伶伶、空盪盪地面對宇宙洪荒，古往今來所有的時間，以及上下四方所有的空間。擁擠的人群、疏離的星星。詩人尋找那獨特的激情，同時尋找表現那激情的獨特形式。兩者都沒有任何前例與保障。

一八二一年，在給 Thomas Moore 的信中，拜倫這樣說：「永遠沒辦法讓一般人明瞭：詩是高度不安激情的表現。沒有人一生都處在不安激情裡的，就像不會有持續的地震，不會有永久的發燒一樣。」詩像地震般偶然、無法預知，詩又像發燒般不正常，甚至病態。

這種特質，帶給詩人很大的壓力，也預示著詩與社會間高度的緊張。詩人無法「為詩工作」、「為詩準備」。更沒有辦法衡量他是否有「為詩努力」。鋼琴家可以排定每天四小時、六小時的練習，雖然練習無法保證讓他彈出好曲子，但至少他的努力能夠量化計算。「沒有功勞也有苦勞」，還符合社會上對於勤奮的基本肯定與要求。

詩人，現代詩人，要怎樣為詩練習？讀人家的詩集、撿拾片段靈感或反覆修改已有的篇章字句？或者是孤獨地散步、在客廳裡焦躁反覆踱步，還是為了保持激情狀態而不斷地談戀愛？這些頂多只是間接的，而且間接到不能滿足現代社會對於「工作」的最低標準。

詩人是懶惰的，必然懶惰的。可是懶惰的不見得就是詩人。更多更常見的，是以詩為懶惰與疏離社會藉口的作法。詩被用在太多地方，作為方便、便宜的逃避手段。無法適應社會的人，不願接受工作價值的人，他們發現了詩，他們給予自己詩人的身分。這樣的作法，讓社會更不信任詩，讓詩人與社會的關係更緊張。

沒有練完拜爾教本，沒有彈完巴哈、蕭邦乃至李斯特練習曲的人，不敢隨便稱自己是鋼琴師，更不敢隨便租下禮堂來辦演奏會。不幸的是，在詩的國度、領域裡，沒有相應的拜爾教本與練習曲。詩如此主觀。

這就逼得現代詩人為了鞏固自己的詩人地位，必須採取一些策略。例如必須寫出更多更多的詩，透過詩的量，以及量所累積評價系統連番考驗，讓自己與那些玩票的、根本缺乏原創力的人，分別開來。詩人的詩越寫越長，詩人的作品越寫越多，詩人的全集越編越厚。

悲哀的是，這樣的詩人，就成了追求「持續地震」、「永恆發燒」的人。拜倫所認為不應該、不可能的事；拜倫認為與詩、甚至與自然逆反的邏輯，卻逼著我們的詩人們日夜焦慮、刻刻恐慌。

詩是存在森林裡的激情之火

人類與火之間的變化關係。

六萬年前開始，人類將新學得的生火技術，慢慢地帶到各地。火最早用於保護居所夜間不受其他動物威脅，也用於烹煮增加食物風味以及延長食物儲存時間。接著，火的新用途被開發出來。人類會在乾季放火燒掉林間的雜草和矮灌木叢，一舉得到幾項好處。

一項是雨季再臨時，林下土壤會變得更肥沃，而且燒過的林間可以透下豐沛的陽光，讓植物長得更茂更美，也就養活、吸引了更多可供狩獵的動物。另一項好處是林子裡的視野開闊了，有利於剛學會使用投擲武器的人類，更有效地不受體型、力氣限制，獵殺大型動物。

大約一萬年前左右，出現了「新石器革命」。農業建立了。最早的農地都是向森林搶來的。人們將樹皮剝開，讓樹木乾死，然後放火把枯木燒化成灰，作為天然肥料。不過這樣開墾的農地，沒多久就會被雜草重新占領，於是農人轉往別地再去剝樹皮、燒樹幹，至於雜草地則慢慢變成灌木叢，最後又復原成為森林。

可是隨著人口增加，這種循環平衡無法再維持了。林地越來越少，人居住越來越密集，於是對於火的控制，也就越趨嚴格。火開始被從山林裡馴服收編進家裡的火灶裡，和工匠運用的陶窯裡。也許加上燒煉銅器、鐵器的冶爐。在林間任意野燒的火，不再是人類的助手，逐漸成了人類的敵人。

十五世紀以降的火藥發展、十九世紀的工業革命，一方面增加了火的威力，另一方面卻也找到了更堅實更嚴格的範限、囚禁火的容器。槍膛、鍋爐，進至汽車內燃機，再到噴射引擎，人製造了最強大的火，卻也建立了控制火、操縱火的最高自信。甚至可以說，人失去了幾千年來對火的敬畏與尊崇，越來越輕蔑、越來越掉以輕心。同時，也就對森林裡不是人為意志製造的火，那帶有高度任意性、自由性的火，越來越敵視。

二十世紀初年，美國帶頭對森林火災有了完全不同的態度、完全不同的對待方法。森林管理局開始宣傳：「所有的火災，都可以預防，至少可以在燎原前撲滅或控制。」以前的人多少覺得森林火災是自然的一部分，和颱風、暴風雪一樣，是無法避免的天災。二十世紀之後，森林火災被從「天災」中除名，改列入「人禍」範疇裡。

美國致力撲滅所有森林裡的火焰。將近一個世紀下來，驚人的投資加上驚人的科技進步，再加上驚人的英雄故事，讓火似乎不再是森林必然的同伴。無辜的森林得到了妥善的保護，邪惡、破壞的火則被遠遠地放逐了。看起來似乎是這樣。

只是看起來而已。九〇年代開始，幾乎年年都有恐怖大火，燒掉了幾萬幾萬公頃的林地。火勢來得又凶又猛，簡直無法對付。專家們才赫然醒悟，過去幾十年來的消防安全措施，使得美國西部廣大林地裡，一大堆自然死亡的廢木，日益乾燥的材質，累積堆疊著。這些森林必然的新陳代謝，過去是靠三不五時的小火來消化的，把小火都撲滅了，它們就變成了大火、而且是超級大火的儲備燃料了。

緊張的僵局產生了。現在只要有火災，一定是消防人員都無能為力的大火。所以消防人員只能更小心、更積極巡查。可是這樣就累積更多的廢材。人把自己逼到一個瘋狂的死角裡。

我在這樣的死角裡，在人與火的關係裡，看到了詩的命運，以及詩在一個社會裡消失，可能產生的危險。詩是激情的瞬間爆發，也就是瘋狂能量的瞬間釋放。一個不了解詩的魅力，無從發揮詩的作用的社會，無可避免在累積激情與瘋狂，累積到一個程度，我們不再能釋放任何激情與瘋狂，只要一釋放就失控。於是只有更巨大的壓抑，儲存更巨大的崩潰張力。

你問我為什麼要有詩？為什麼要讀詩？有最現實的理由嗎？這就是最現實的理由。

長著風的翅翼、無形的火的使者

一九八八年，我到美國留學的第二年，夏天裡發生了黃石公園的大火。大火開始於七月二十二日，起因是一位伐木工人丟棄的菸頭，火勢一燒就不可收拾。

那年學校放暑假時，我就回台灣了。七月、八月，台灣不會有人關心遠在美國最荒無人煙的懷俄明州發生的森林大火。那個夏天，台灣有自己熱鬧得不得了、看得人目不暇給的政治大火旺旺地在燒。李登輝剛接班上台，戒嚴解嚴還在曖昧的過渡階段，我記得雷震的日記被警總燒掉了，引起軒然大波；我記得國民黨的全國代表要開四年一次的大會，大家都好奇會選出什麼樣的新領導班子……。

八月底再飛美國，才知覺到黃石公園的火燒得非同小可。我開始仔細追看這條新聞時，已經有至少五萬英畝的森林被大火吞噬了。五萬英畝有多大呢？我還記得紐約的中央公園，那塊看起來大得不可思議的都市綠洲，總面積是八百四十英畝。事實上，紐約曼哈頓全島不過才一萬四千英畝！

更讓我驚訝的是，這場火燒掉的是全世界第一座，也是美國最知名的國家公園。而當時在美國媒體上爭議不休，引起正反兩極激辯的，不是該怎樣撲滅大火，而是該不該讓火燒下去。

原來國家公園管理單位的基本立場是：火本來就該燒，就算起火原因不是自然造成的，但火會燒那麼大，表示森林已經有了自然需求。溫帶的森林和亞熱帶、熱帶森林不一樣，因為氣候太乾燥，老化死掉的樹木必須要花很長很長的時間才能腐化分解。腐化分解的基本化學作用也就是氧化；而焚燒不過就是劇烈快速的氧化。像黃石公園地區這種森林差不多每隔兩百年就應該有一場大火，要不然森林裡會充滿了老幹死枝，森林的活力反而會停滯。

我從來沒有想過，森林大火可以是自然某種正面的調節，這新的知識新的立場，給了我很大的震撼，顯然也給了美國一般民眾很大的震撼。

火繼續燒下去，燒掉的面積從數萬英畝增加到數十萬英畝，大自然應該發揮調節作用的雨水卻遲遲不降下來，到了九月間，對這種「本來就該燒」態度質疑的聲浪就越來越高了。大家想到將來去黃石公園，會是滿目焦黑；周圍靠觀光產業為生的懷俄明州民想到生計被斷絕；電視觀眾從畫面上目睹一場恐怖災難沒完沒了……，累積起強大的壓力，終於迫使聯邦政府決定全力投入滅火，動員了數萬消防人員，花掉數千萬美金亦在所不惜。

不過顯然太遲了。大火有了它自己的生命，拒絕被控制。於是有好多天，新聞裡討論的都是為什麼火那麼難撲滅。我清楚記得，一個在現場待了超過一個月，一直追蹤火的動向的專業人員在電視機前生動地描述：

大火燃燒的時候，會產生大量的火花，這些火花事實上就是比空氣還輕的微粒物質，它們會一直一直盤旋上升，稍稍有一陣風時，它們就開始快速飛行。一邊飛行一邊繼續燃燒，燃燒不完全的結果就是黑煙，可是火花可以飛得比煙還要遠。甚至在物質統統燒光的瞬間，變成一塊純粹的熱空氣，高於燃點卻完全不見蹤跡的無形的熱空氣。熱空氣會迅速冷卻、迅速下降；可是如果還沒降到燃點以下就碰到了新的可燃物質，那麼它就會轟地一聲重新復活……。

在幾百公尺、甚至幾公里外轟地復活。整個黃石公園滿空中都飛著無法計數的、幾萬個幾億個飛翔的隱形小精靈，它們拒絕被觀察、拒絕被測知，它們飛到哪裡就在哪裡復活，再多的消防人員也防不了它們、消滅不了它們。這些長著風的翅翼、無形的火的使者。

他只是在陳述客觀知識。然而那特別的知識性質，其密度其廣度及其難以描述性，卻在不知不覺中逼他使用了詩的語言。這些長著風的翅翼、無形的火的使者。這是詩的語言，卻也是最有效的火災傳播方式的描述。

詩是特定文類的作品，但詩的語言卻可以無所不在。

那場黃石公園大火，一直到九月二十六日才正式宣告熄滅。一共燒掉了一百二十五萬英畝的森林。約等於九十個曼哈頓的面積。

詩面對道德時的迷離

Aharon Appelfeld 曾經形容，四〇、五〇年代聚居在耶路撒冷的猶太難民們，他們用討論宗教經典的態度與方式，討論卡夫卡的作品。他們在卡夫卡的作品裡，讀到了一種神祕而強悍的，預示的力量。

Gershom Scholem 認為，猶太神祕思想的三大支柱就是：《聖經》、《光耀之書》（*The Zohar*）以及卡夫卡的作品。Martin Buber 在希伯來大學教授猶太罪咎的課程，他最常引用的作品，就是卡夫卡的小說。

在這些人眼中，卡夫卡寫出了一個大夢魘，人永遠活在醒不來的噩夢中。然而組構成噩夢的基本元素，不是地獄、撒旦，不是火龍或黑魔法，而是文明秩序，是表面上所呈現的優雅深邃，我們以為的人創造出來的美好事物。

卡夫卡一九二四年去世時，沒有幾個人讀得懂他描繪的噩夢。那時候沒有多少人讀過卡夫卡，即使是極少數讀了卡夫卡的人，被他筆下的夢境震懾，他們還是不了解這樣的奇異虛構情境，到底跟我們的現實生活有什麼關係。

一直到一九三九年，一直到歐洲被戰火席捲，一直到六百萬猶太人遭到屠殺。突然間，卡夫卡的噩夢得到了普遍性的驗證，藏在西方文明最高物質與精神成就底下的，竟然真的是最可怕的罪惡與邪惡。這罪惡與邪惡的現實，已經無法用理性邏輯說明，只能藉寓言予以模模糊糊隱隱約約地揭露。

因為理性本身，也是文明的成就，也是罪惡、邪惡賴以躲藏蔓生的共犯。理性所追求的是非與清晰，也纏捲上了罪惡與邪惡。我們只能靠不清不楚、曖曖昧昧的神祕寓言，卡夫卡式的寓言，才能去碰觸去挖掘那不可說卻又非訴說不可的人類經驗。

換句話說，借途上帝的神祕花園，才能走到人間邸宅。那個花園裡不必然非得要有上帝，重要的是要有人所不能企及不能拆解不能轉訴不能改寫的神祕。它必須以其神祕的原貌，如是顯露，如是包圍一個通過此花園的血肉之軀，徹底消融他的思考與感官，然後他才能在走完神祕迷霧之道後，看到原本屬於他的華麗宮室，一些奇異、不堪的形跡。

你問我詩與道德之間的關係，詩是否超越道德？詩人是否超越道德？詩人，像波特萊爾或雪萊或拜倫那樣的詩人，是否靠著他們的詩，取得了敗德的特權，可以不受世人與歷史的道德裁判？

這是個非常難回答的問題，因為牽涉到很多非關詩義與詩藝本質的枝節。如果波特萊爾不那樣放浪形骸，他還寫得出《惡之華》嗎？為了完成拜倫般的詩風，難道一定得要對妻子殘酷，棄女兒不顧嗎？……這一類不能不問、卻又無法回答的衍生問題。

所以我只能回到詩自身的精神上來，從卡夫卡最接近詩的寓言裡對比照映。詩發揮的功能，當然不是道德教化；然而卻也不是對道德的敗壞。詩，就像卡夫卡的寓言，試圖看到別的視角別的方式無法觸及的，文明與理性的暗流。

沒有道德，就無法塑建起文明，更無從維護理性。可是文明與理性，非但不能消滅罪惡、邪惡，甚至其本身會蘊發罪惡與邪惡。這種和文明、和理性糾纏得如此緊密的魔鬼，它們不會輕易在文明與理性的照耀下現形，唯有透過寓言，或透過詩來加以捕捉。

卡夫卡的迷離，也正是詩面對道德時的迷離。

詩與煉金術

我們對煉金術如此陌生。勉強只有一點印象，都是負面的。煉金術是迷信。煉金術是愚蠢的徒勞無功。煉金術是現代化學興起前，一堆關於物質的錯誤概念。煉金術是無用的。煉金術是可鄙的發財夢刺激出來的可笑活動……。

然而我卻在 Gaston Bachelard 的書裡，讀到對煉金術毫無保留的禮讚。巴什拉說：

（煉金術）……是一種自我實現的泛靈論，一種將自我化為無數次試驗的泛靈論。煉金術家在試驗室裡，將夢想變為試驗。於是，煉金術的語言成為一種夢想的語言，一種對宇宙夢想的母語。這一種語言，必須像它曾經被夢想那樣，在孤獨中學習它。人從沒有像他在讀一本煉金術的書時那麼孤獨。人似乎「獨居於世界」，他立即夢想世界，他說世界之初的語言。

煉金術的黃金是對王權、特權，以及統治的奇特需要的物化。……夢想者之所以要得到黃金，並非為了一種遙遠的社會用途，而是為了一種直接的心理需要……因為煉金術家是一個行使意志、享有意志，並在他的「宏大意志」中自我讚美的夢想者。

這兩段話，尤其是後面一段，多麼像是對於詩與詩人的禮讚！藉由巴什拉的引導，我們可以向前找到另外一本重要的著作，那就是C. G. 榮格的《心理學與煉金術》，找到煉金術壯麗、高貴的一面，我們也就找到了煉金術與詩之間，更明確的聯結。

和詩一樣，煉金術對既有現實秩序既反叛又諂媚。詩、煉金術和革命、烏托邦夢想最大的不同點，就在於它們從來不打算推翻一切、否定一切。煉金術家沒有要把整個世界都變成黃金，他們只是固執地堅信，在現實裡看來混亂、廉價的事物中，藏著一種辦法，可以把混亂與廉價本身，轉化成為高貴而美麗的黃金。

反叛是因為煉金術的存在，最具體強調地點出了世間現實的平庸、混亂與廉價。煉金術，不像科學，不以接受這份平庸、混亂與廉價為出發點。科學必須先接受了平庸、混亂、廉價的現實，然後才能著手忠實地進行觀察、比對與分析。煉金術家夢想著超越現實，靠自己的力量創造黃金。可是這黃金，又是從現實裡變出來的，不是上帝或某種神祕力量的賜予，是煉金術家在試驗室裡搞得灰頭土臉後的人間成就，所以說這種態度又是對現實的諂媚。

應該是米瓦許（Czeslaw Milosz）說過的吧，詩人是語言的煉金師。詩人和煉金師一樣，擁有強大驚人的意志力，不接受別人都自然接受的日常平庸、廉價、而且具備高度獨裁性格的語言系統，他們要靠日常語言的材料，創造出原本不屬於日常生活裡所可以擁有的黃金，某種情緒與意義的黃金。

小說比較接近魔術，詩則必定是煉金。因為小說可以靠著虛構的特權，製造讓人看得眼花撩亂的煙霧迷障，變魔術般地操弄現實，贏得掌聲。小說家欺騙、迷惑的，和魔術師一樣，是他的讀者、觀眾們。小說家和魔術師一樣，自己是清醒冷靜的。但詩人卻要面對自己，要說服自己，或者可以說：欺騙自己。他得要找到自己信其為黃金的東西，沒有可以唬弄的，也沒有意義去唬弄。

硬要把不是黃金的東西轉變為黃金，這是煉金師和詩人，同樣值得敬佩的強大意志力。我們驀然理解：煉金術的沒落，與現代詩的興起，在西方幾乎是一起發生的，這或許不是偶然。我們也驀然理解：存在於西方現代詩內部的那股強韌力量，在東西方傳統詩裡都找不到的，也許就是煉金術的借屍還魂。

不過詩，現代詩，顯然比煉金術幸運且成功。因為詩人們不只留下來夢想與努力的紀錄，還留下了大量的，和黃金一樣質純美好，在太陽底下閃閃發光的詩作。真正在平庸、廉價、無聊的日常語言裡，變造出來的無價之寶。

「完美語言」的追求者

我在羅智成出版的詩集《夢中書房》（二〇〇二）裡，讀到這樣的字句：

同樣是以語言來解決問題，詩人與說謊者的區別可能是：
詩人往往是自己所生產出來的意義的第一個信徒。
那是他感動別人的基礎。
詩人因此不停地受到自己那些良莠不齊的作品的愚弄……

這和我前一篇寫的：「小說家欺騙、迷惑的，和魔術師一樣，是他的讀者、觀眾們。小說家和魔術師一樣，自己是清醒冷靜的。但詩人卻要面對自己，要說服自己，或者可以說：欺騙自己。他得要找到自己信其為黃金的東西，沒有可以唬弄，也沒有意義去唬弄。」意念是完全一致的。

不過這並不表示：只要寫出讓自己感動、讓自己相信的字句，就是詩。詩沒有那麼簡單，沒有那麼便宜。

你所舉的那些例子，你替它們打抱不平的那些作者與作品，我還是必須說，在我的評斷裡，不是詩人不是詩，至少不是好的詩人與好的詩。

他們可能很真誠，他們可能被自己這些句子深深感動，但這樣只能證明他們易於自戀與自我滿足的脆弱性格，只能證明他們的濫情與多愁善感，卻還離詩的世界很遠。

在我的理解中，在我的想像中，詩的世界存在的第一因，就是與現實語言世界之間的斷裂。如果活在既有的語言世界裡，日常語言中的句子「我愛你」、「多麼美麗的花朵」、「崇高偉大的人格」……就能使我們相信與感動，那又何必存在一個詩的世界呢？

羅智成為什麼拿詩人和說謊者去作比較呢？因為詩人與說謊者，他們的動機出發點都不是要描繪現實。不過詩人比說謊者，往往有著更大的野心、更堅定的企圖。

詩人不信任既有語言的鬆散與無紀律，對應背後感覺與情緒的鬆散與無紀律。詩人，不管是否自覺，無法忍耐一般生活裡，太多可以彼此代換的情境與字句。他們是西方中古時期追求「完美語言」的神學家的承繼者。

神學家追求「完美語言」，因為受不了人為鬆散無紀律的描述方式，對神所造世界的森嚴秩序的干擾與破壞。他們追求「完美語言」，也因為欲望能夠準確地進行宗教教育，徹底杜絕異端的出現，他們知道，異端其實都起自對於聖經文字的不同解釋。神學家們想破腦筋，要發明和世界準確對應的語言，一樣東西只能有一個名稱，一項事情只有一種描述方式……。

詩人是為了挖掘出自己內在那些無法適用一般語言的情感情緒，而去進行語言的試驗，好的詩人在創作過程中，必然充滿了對現實語言的不滿，乃至詛咒。他不輕易接受我們認為「已經可以了」的表達方式；我們彷彿看到他反覆一再地，或怨懟或憂鬱或暴躁地說：「不是這樣」、「這還不對」、「真正的意思不是這樣」、「一定還有另一種更對的說法」、「這不是我的語句」、「這不是我真正的感覺」……。

詩人要有這種野心：找到那唯一對應、完全不能改動的語言、描述、說法。每一首詩因而都是他和整個現實語言世界的對抗，至少是齟齬，他不斷地跟既有的語言、句法吵架，而且我們看得到那吵架的過程，了解那吵架的道理。

只有吵過了吵贏了，他才會變成「自己所生產出來的意義的第一個信徒」。不管最後成果看起來如何自然、輕鬆，骨子裡都是艱難的。

沒有這種野心與企圖的，停留在接受鬆散、無紀律語言層次的，不管作者自己覺得多麼感動，都不成其為詩。

是的吾愛我將讓我的甜言蜜語實現
打掃地球、制禮作樂、晒衣洗碗
設計沿街小店的市招
和道旁流泉、林蔭與花草

擦拭拘謹的鐘聲，和鐘聲據以傳遞的清晨……。

這是羅智成以詩捕捉的，唯一的，不可變不可改，甚至不能被現實婚禮所修正的〈夢中婚禮〉。這才是詩，才是詩人給自己與給世界的持續感動與愚弄。

自知脆弱的神明

多年以前，七等生寫過一篇題目為〈貓〉的小說。小說中寫到主角李德的生活意識：

這是某年的初夏，已經過了端午節，但節日對他已失了意義。因為提倡節約日光，下午七點鐘外面還留有陽光，但他不太留意黃昏是什麼樣子，就像在他們想做的事中，就是不做現代式的詩人；當他們在裝束著自己的現代感時，他認為這是人類另一蠻荒的開始。

這一小段文字，清楚透露了李德（或七等生）對詩與詩人的抗拒與不屑。詩人應該是會對黃昏抱持著感傷濫情的，詩人應該是造作地表演著、彰顯著、打腫臉充脹著自己的「現代感」的，這是李德（或七等生）對詩與詩人的明白指控。然而你不覺得，用來言說指責的那一句話：「當他們在裝束著自己的現代感時，他認為這是人類另一蠻荒的開始」，竟然如此盈滿著詩的邏輯、詩的趣味與詩的沉鬱嗎？

類似的詩般的沉鬱與尖銳，在那個時期七等生所寫的小說裡，俯拾皆是。例如〈沙河悲歌〉一開頭形容李文龍與鎮上其他人之間的關係是：「像互屬於兩個世界之間的蔑視，經過最初的好奇和猜疑之後，互相都有那種冷淡的和平。」李文龍的幼妹敏子被送走時穿的衣服則是「那件嶄新的藍色衣裳在光亮的午陽下，像一塊皮膚被人重打的凝血，透過眼睛印在站在廚房門檻觀望的母親心裡，印在李文龍憤懣的心裡。」說妓女們是「在表面的嬉笑中她們深藏著自卑和最廣的懷疑心，在她們的脂粉的豔麗皮膚內裡隱著希望的最大暗影，她們是斯多噶的伊壁鳩魯的尖兵，人類的兩面人。」講到李文龍的朋友明煌熟睡時，七等生用的語句是：「人對於相等於死亡的睡眠有如此迫切沉迷的喜愛，這傢伙是他從未看他像這次這樣地表現過，使他想到生活對人的打擊和壓迫所積存於內心的反應會是這樣極端和巨大。」

有意思的是，寫過〈沙河悲歌〉、寫過〈貓〉的七等生，在〈隱遁者〉裡穿插了一段第一人稱向「雀斑女郎」表達愛意的詩。至少形式上是分行的詩大剌剌地夾雜在小說原本緊密、濃稠的敘述慢流裡。像這樣的詩：

我突然一陣寒冷
我在發抖
這些珍藏的心語
雖是以文字取代
亦是筆前一番沉思與真誠
（唯一對你的察覺與共鳴）
是神聖的默契的心聲
但今日啟開發現至寶生鏽
感到陣陣無比的傷痛。

多麼平淡乏味的詩句！

對照對比下，凸顯了的就是我說的，有時候在詩的否定中反而湧冒出詩來。該是怎樣的神祕的矛盾力量作祟，使得寫著小說，甚至以小說角色及小說情節來厭棄詩的七等生，反而鋪陳著詩般的意義錦布；相反地，當他刻意以詩尋思時，詩的技藝與詩的美好，卻遠離了他的筆下？有比這個更矛盾、更諷刺的嗎？

形式上是詩，作者自號為詩的作品，不見得就是詩。我們還是無可避免要用詩的技藝、詩的美好的應然標準予以衡量，詩或非詩，不是作者自己可以武斷定義的。同樣地，在許多作者根本無心於詩，甚至在最極端的情況下，拒斥詩反對詩的情況下，他排比的文字與思想，卻是如此大膽且巧妙地違逆了一般文法的範限，挑動了我們某根不曾被挑動過，我們甚至不知其存在的詩的神經，那特殊的感官電流傳來時，我們於是得到了詩的快感，或是詩的悲哀。

「我是一個自知脆弱的神明。」七等生筆下的魯道夫如此自述。自知脆弱的神明，七等生在不意中，又替詩人打造了一個最精確的描寫。像個嚴密的語言之網，裡面捕到的，那些自知脆弱的神明們，正都是不折不扣的詩人。

時間與空間的張力壓縮

我曾經看過一部關於汽車碰撞試驗的紀錄片。忘記究竟是哪個車廠的試驗所了，反正每個大廠都有這樣的地方，而且聽說長得也都大同小異。一座巨大、長方形的鐵皮建築物裡，正中間切開一條一百五十公尺左右的跑道，跑道的盡頭擺著準備讓汽車撞上去的各式水泥塊。

美國主要三大車廠，平均每天大約要撞爛兩部車。一開始出現在鏡頭前，試驗所的模樣，零亂、凶殘，而且立刻惹起不吉祥、不舒服的感覺。因為跑道上的漆磨得斑斑駁駁，水泥塊撞得缺邊缺角，更加怵目驚心的是跑道邊散置著各式各樣變形的車輛。觀眾就算明知這是試驗所，明知撞擊試驗時車裡不會有任何活體真人，瞥見平常只有在車禍現場才會出現的車輛殘骸，我們不免還是在腦中在眼前，浮凸出了血與悲劇的聯想。

靠在牆邊有一排等著要被安排上車的木偶人，為了不同目的，或者單純出於惡作劇耍弄，這些木偶幾乎每個都有獨特的打扮。有的穿球鞋、有的打領帶，還有的在臉上塗過濃濃厚厚的彩妝（通常是為了試驗臉撞上安全氣囊的受力位置），讓人看了不免渾身起雞皮疙瘩。它們沒有生命。可是它們絕對不像無生物，比較像很難判定其生命之有無的幽靈。而且是有身分、有故事的幽靈。坐在那裡等著訴說他們的身分與故事。他為什麼穿第二代喬登球鞋，他為什麼畫上慘綠的濃妝？他們到底受到了怎樣的詛咒，一次次反覆的致命撞擊，沒有生命的生命反覆經歷一再的死亡？

然後動作開始了。一群科學家們用科學的語言討論試驗的項目與條件。汽車撞擊瞬間的三角V數（delta V）是什麼？初始撞擊角度多少，入角與出角？……然後工程師與技術人員調整機器，慢慢地現場融入了科學的秩序，以及秩序所帶來的某種難以言喻的安全感。原來即使幽靈也得乖乖遵照科學的指揮、使喚，約莫是這樣的安心感覺……。

真正試驗的時間到了。一連串的黃燈閃亮。跑道上如同舞台效果般地燈亮了，撞擊處頂上的聚光燈也亮了。十六台攝影機開始運轉。周遭人聲屏住，只剩「五、四、三……」的倒數。車子衝出來，「砰！」的一聲巨響，車體結構在百萬分之幾秒內發生了巨大的變化，同時車內前座兩具安全氣囊以真正「迅雷不及掩耳」的速度爆脹又消萎，一切，時間與空間，都被壓縮了。那麼快、那麼巨大的變化真的就此發生，好像原本應該存在的其他空白，都被抽取撤消掉了。最凝縮，密度最高的經驗。

突然之間，原本零亂、凶殘、不吉祥、不舒服的環境裡，迸發出純粹的美感。一種懾人心魂的美，在場的人，不管再怎麼硬心腸、科學工程導向的，都無法否認、拒斥的美感。

事實上，我看的那部紀錄片，主要用心用意，就在於凸顯這種撞擊試驗，尤其是關於安全氣囊的試驗，是沒有用的。因為人世間真正的車禍，車子不會剛剛好這樣正正撞上，所以前座的人也不可能剛好一頭栽進氣囊的保護裡。紀錄片顯示了：這些試驗人員其實也都知道自己做的事不切實際，卻還是繼續做著同樣試驗，生產著同樣的數據。

為什麼？我不認為單純是他們要造假欺騙消費者。我認為更核心的理由，應該是他們被那試驗瞬間創造出來的美給魅惑了。他們耽迷於時空壓縮製造的美，捨不得放棄那美的產生。

那美，從某個意義上看，不正多麼接近於詩所追求的境界？省簡、壓縮、破壞、壯觀、短暫難追的華麗。而且和詩一樣浪費，和詩一樣，不管表面的藉口是什麼，有多麼世俗，骨子裡只有那美的刺激真正攫抓住了所有人，不管他們自己明不明白、承不承認。

為了詩的緣故

我還記得，在衛斯理學院的湖畔，讀艾略特的〈荒原〉。

那是最窮最窮的留學時代，怎麼算，全家的總財產都是負數。常常連看場電影，甚至上個超級市場買東西，都要小心計較盤算。不過窮雖窮，卻不會沒有樂趣。

平常日子，就在河邊散步；週末假日，就帶個自製的便當，開半個多小時的車，到衛斯理學院去。那個美國東岸最有名的貴族女子學院，有一種無法形容的特殊氣質。一種寧靜，一種舒適，一種讓你不相信這份舒適與寧靜可能被奪走的安全感。

尤其是站在圖書館旁邊的那塊空地，左邊是萊特（Frank Lloyd Wright）設計的現代派大牆圓窗，正前方是一路延伸到湖中的沙灘，右邊則是一片鬱鬱的樹林。天光水色，遠遠近近的自然聲響，交錯成不可思議的風景，不是最壯觀，也許也不是最美麗的，卻是最完整的風景，無可挑剔的自我圓足。

從沙灘盡頭走上小路，進入樹林裡，湖上反射的點點陽光從樹葉樹枝間隙，偷偷地閃著，似真如幻。然後突然有一個小角落，像是在森林裡開了一扇窗戶般，可以看得見整個湖面。湖對岸的斜坡草坪，更遠處被水氣氤氳蒸騰得模糊，天際界線的淺綠深綠深藍再一直過渡淺藍的整片斷層色澤。在那裡，有一排木頭座椅，可以坐可以臥，也可以曬帶著樹影的太陽。

我在那個座椅上，讀了許多書。一個週末又一個週末。我也在那個座椅上，讀艾略特的〈荒原〉。〈荒原〉一開頭，引用第一世紀的 Petronius 的文字：「有一次，我親眼看到 Cumae 的老巫婆掛在籠子裡，男孩們問她：『老巫婆，妳要幹麼？』老巫婆回答說：『我要死。』」

Cumae 的老巫婆真的想死。她因為協助伊尼亞斯而從阿波羅那裡獲得了永生的特權。可是她卻忘了該請求阿波羅同時讓她青春永駐。於是，她一直老去一直老去，卻怎麼也死不了。

我讀過的解析說，這是艾略特全詩最核心的訊息。現代文明變成了一片荒原，一座廢墟，因為生活已經失去了再生的活力，不斷地老化不斷地頹朽，可是不知受了什麼樣的詛咒，無法死去，只能這樣拖著荒疲恐怖的身軀，持續敗壞下去。敗壞。荒蕪。

我讀過的解析還說，艾略特的悲觀概念，應該是受到史賓格勒的《西方的沒落》影響的。艾略特從史賓格勒那裡借來了文明如同自然生命會有生老病死的概念；艾略特也和史賓格勒一樣相信，現代社會代表的是西方文明的衰老期，但艾略特比史賓格勒更進一步，強調文明不只老了，而且老而不死。「我要死。」欲死而不能的黑暗欲望，是艾略特最陰鬱的悲劇感的來源。

讀完〈荒原〉，我又重讀了《西方的沒落》，同樣在那個木頭座椅上。也許是〈荒原〉的詩句、意象還在腦中盤旋的關係吧，我讀出了以前不曾讀到的啟示，意外發現《西方的沒落》寫的其實不是歷史、不是文明論、不是西方命運的預言，而是詩。一首很長很長，然而吟誦連綿不斷的哀歌。

我從來不是個悲觀的人，雖然常常懷疑世界有在不斷進步，卻也從來不相信世界正在墮入深淵裡。尤其身處在衛斯理學院的湖畔風光裡，那個自足的視覺天堂包圍下，我一點也不覺得有什麼悲情與危機。

不管是〈荒原〉，還是《西方的沒落》，都沒有說服我，也沒有撼動我。可是〈荒原〉與《西方的沒落》，因為它們內在詩意的精緻細膩的美，卻讓我寧可違背自己的理智與現實感官，寧可在衛斯理湖畔的靜謐風光中，想像整個世界似乎下一秒鐘就將被吸入一個榨乾一切能量的黑洞裡……

為了詩的緣故。

殘酷的紫丁香

四月是最殘酷的月分，迸生著
紫丁香，從死沉沉的地土，雜混著
記憶與欲望，鼓動著
呆鈍的根鬚，以春天的雨……

這是T．S．艾略特名詩〈荒原〉的開頭。二十多年前初遇這些句子，領悟不多，但就是直覺：「好酷」。當然那個時代，其實還沒有「酷」這種用語，我們只能學眷村痞子們掛在嘴上反覆地讚歎：「好屌！好屌！」

四月是最殘酷的月分。真是了不起，就這麼一句開頭，敢斬釘截鐵地、毫不留任何商量餘地推翻了一切關於春天的童話與神話。春天應該是溫暖的、充滿生機的、帶來種種新希望的；春天，如果有個性的話，應該是最慈愛的，像母愛一樣。

艾略特卻一句話劈頭就說：「四月是最殘酷的月分。」甚至不需要用後面冗長的詩行鋪陳來說服我們，這句子以比教官比總統更高的權威命令語句，刻蝕在我們的腦版上。大概也是因為那個年歲、那個時代，我們本來就對所有溫情勵志的主題都感到強烈的不耐與不信任。在青春期的前半，在威權低壓氣候裡，我們連對母愛都懷疑與提防。我們更懷疑、提防所有教育體系裡約定俗成的真理，我們懷疑這些真理的背後藏著禁制我們做這個不准我們做那個的猙獰面目，我們提防這些真理腐化了、磨鈍了我們躍躍欲試的自我伸張。

還好有詩。竟然有詩。竟然有一種文類與字句，可以如此明目張膽地挑戰「真理」。四月、春天、紫丁香……我們想像彷彿聽見那個詩人艾略特很酷很屌地說：「媽的，我不吃你們這一套！我就是覺得殘酷、惡魔得不得了！」

二十多年後，重讀〈荒原〉，仍然會激動地想起少年時期的天真叛逆，不過多增加了的人生種種情感沉澱與飄揚，讓我更明瞭了詩裡真正的冷酷，足以對抗任何四月春天所可能帶來的暖意，二十多年後，在眼前不停施壓的，反而是那句被分行阻隔的「混雜著／記憶與欲望」，這可怕的人生的死巷。

紫丁香被艾略特寫成了過去記憶的還魂。紫丁香露出的生命成了對已經遠逝的時間殘存不滅、拒絕消散的欲望。對於上一個季節、對於上一次生命的欲望。

這才是最殘酷的。這真的是最殘酷的。當一切都已不可追回，我們卻在記憶中不斷湧泉般挖出欲望來。希望已經發生過了的事再發生一次，或希望發生過的事從來沒發生過。這種與記憶雜混不斷席捲而來的感傷與痛，是我們生命中的紫丁香，在最不對的時刻蠢蠢欲動，不肯止息不願停歇。

記憶從來不會乖乖地如實呈現，因為會被記憶的事總是帶著情緒的分量，不然早就被遺忘了。換句話說，記憶裡老是雜混著欲望，永遠無法獲得滿足的欲望。落空的欲望，比無法救贖的罪更難令人原諒，或者說，懷念過去、悔懊過去所承受的折磨本身，就是一份無法救贖的罪愆。

只剩下詩，詩是唯一的救贖。對於記憶的救贖，對於徹底悲觀痛楚僅存的捕捉與發洩。所以每每在記憶、欲望的纏結拖著人往最深的深淵裡去時，詩就在幽微處緩緩而沉默地升起。心中最痛最苦楚的人，常常能寫出最好的詩。最孤寂最冷寥的人，常常能從詩中讀出最多的意義。

當你的臉躲著我
就像月亮在黑暗的夜空中躲了起來，
我流下如星般的淚珠。
但即使有了那些閃亮的星，
我的夜卻依然黑暗。

這是波斯詩人 Jami 墓碑上刻的一首詩。我毫無防備地在一本專門談阿富汗塔利班政權的書裡（《神學士：歐瑪爾與賓拉登的「全球聖戰」》）讀到，瞬間觸動了我內在最深沉的悲哀，在我的心底種滿了殘酷的紫丁香。

詩的SM

詩對讀者有非常的要求。和平常一般文類很不一樣的要求。這種要求起源自詩人取得的高度自由，近乎不負責任的自由。詩人自由了，自由到可以不必負擔傳統上的形式責任，於是快樂得像在空中飛翔小鳥的詩人，就把該如何解讀詩，尤其是維持詩的整合性的責任，大大方方地推給了愁眉苦臉的詩的讀者。

你說的都是事實。那麼多詩，即使是那些被尊崇為經典的詩，看起來都像是任性的片段拼湊。難怪你會懷疑：詩人們真的認真考慮過為什麼在這樣的句子之後接那樣的句子？為什麼在這樣的段落中插進那樣的段落呢？詩，尤其是現代詩，難道不必遵守某種基本結構上的紀律嗎？

其實我完全理解你的困惑，也完全理解你為什麼寧可選擇留在古典詩的彼岸，頂多只敢涉足中國白話詩早期作品，卻用驚疑，甚至厭惡的眼光看待此岸似乎總是捲著非理性波濤的現代詩、自由詩。

這些現代詩、自由詩的詩人，沒有辦法寫你比較偏愛的那種有秩序有明確線索的詩，理由很簡單，因為他們之所以寫詩，就是為了要試探在近乎絕對自由、任性、放縱的情況下，會不會製造出一些什麼不同的意義與情緒與感官經驗？就像你不能指責鞋匠做出來的東西為什麼不像帽子，為什麼戴在頭上不舒服一樣的道理。他們在製作不一樣的東西，不一樣目的不一樣功能的東西，雖然都被稱之為詩。別忘了，在百貨公司裡，在流行的分類中，鞋和帽也都被劃歸在 Accessories 部門裡，可是我們可以因為這樣，就堅持要用帽子的標準去衡量鞋子嗎？

現代詩、自由詩，詩人與讀者間存在一種很奇怪的關係。近乎ＳＭ，虐待與受虐的關係。詩人是自由的，為了保有為了維護詩人的自由，所以讀者是被捆綁的。自由都在詩人，捆綁都在讀者。

讀者讀詩的出發點，是相信詩中有一種隱藏的整合性。而且接受：讀詩的道德義務，也是讀詩最大的樂趣，就在尋找、挖掘混亂表面隱伏的秩序、韻律與神祕不可說的整體（totality）。從這裡再走一步，那就是能把整合性藏得越好越精巧的作品，反而能帶給讀者越大的樂趣與快感。

T．S．艾略特的〈荒原〉，第一章的第一段，前四行詛咒春天，詛咒引發欲望卻又不能真正帶來復甦活力的「最殘酷的四月」，接著三行帶點反諷意味地稱頌冬天，讓我們忘卻欲望、只留基本生機的冬天，然後突然接了第七行的「夏天讓我們驚訝」，不只夏天讓我們驚訝，詩接下來寫的一段內容也讓我們驚訝，因為那是度假中的 Countess Marie Larisch 的喃喃自語，立陶宛、童年、表哥、山區，以及自由。

第二段卻又立刻將 Countess Marie Larisch 完全拋棄遺忘。回到植物、生長（或無法生長）的主題，大地景物的破碎荒涼，等同於詩人只能撿拾破碎荒涼意象。上帝直接對我們說話，上帝的話語才落，華格納歌劇 *Tristan und Isolde* 卻又切進來，告訴我們風信子女孩的故事，那個杳無蹤影讓人懷念讓人想望的風信子女孩，她沒回來，「海上荒蕪空洞」。

這樣跳躍的詩，殘虐著我們原來的秩序感。然而同時卻又挑起了我們最深刻最強大的欲望。有一種本能，也許是出自基因，也可能出自現代混亂生活的訓練，讓我們相信這不是真正的拼湊、錯置，這些不同來源的暗示，指向某個答案，我們彷彿看到那個追求聖潔卻又敗德頹喪的詩人站在一個黑暗恐怖的洞口，對我們招手，「來吧，來吧，到裡面去尋覓吧。」

我們勇敢進去了。勇敢的現代詩讀者。經歷了疑惑、恐慌、拒斥和焦慮，在自願的受虐裡，我們終於嘗到了被虐待中的快樂。因為我們發現：詩人所昭示的那個洞穴，其實是如果不被虐待，如果沒有經過詩人嚴苛要求，我們根本不會知道其存在的，自我內在的黑洞。

詩人以殘虐的狂烈逼我們找到了的，不是他的世界，而是我們自己的靈魂暗影。

遠方好像有歌聲

鄭樹森教授送我一本書，書名叫作《遠方好像有歌聲》。書裡收的是他自己多年來翻譯的詩作，從我熟悉的帕斯、艾略特、米華殊、布洛斯基，到僅聞其名，過去未得讀其作的羅威爾、伊利提斯、塞佛特，再到我從來不認識的川斯楚馬、昆諾斯、卡尼華……一共收了二十三位當代詩人的詩。書是香港文學同仁團體「素葉」出的。

這是本限量非賣的稀有紀念品，印了五百冊，我手上得到的是第三百四十號，因為不是容易看到、找到的書，所以我多講了幾句說明。其實我真心想談的，是這本書的書名「遠方好像有歌聲」。這個形容多麼貼近我對現代詩內部蘊藏的聲音質素的理解。

現代詩與傳統詩一個很大的差異，在於聲音表演的方法。過去的詩，不論中國或西方，都將聲音放在第一線上，詩源自於歌，清清楚楚是可吟可誦，可以直接唱出來的。聲音的安排也是傳統詩的首要考慮，韻與節奏的格律固定下來，對許多才氣不夠卻又想寫詩、必須寫詩的人來說，是個大幫忙。靠翻翻字典、韻書，也可以填空般拼湊出詩作來。反過來看，對真正才氣縱橫的人，卻也構成了最大的限制。

現代詩捨棄了這些格律，聲音退位了。可是聲音不可能在詩中完全消失。不管在哪一個文明系統裡，文字都帶有潛在但明確的音值。現代詩不再直接要求被吟誦被唱唸，然而在文字一行行的排比中，詩還是有強烈音樂性的。

只是這音樂，是「遠方好像有歌聲」。不再確定，似有似無，當我們讀詩時，隱約在心底響起的。很多時候，詩的音樂在我們意識的邊緣遊走，就像「遠方好像有歌聲」。偶爾你會捕捉到風中幾個模糊的音符，啟動心中的懷疑，然後最重要的，你必須循著這些音符的暗示，認真地去聆聽，甚至認真去重建零散音符間的隙漏，才能找到曲調，才能聽到歌聲。

不管現代詩的形式怎樣變化，各式各樣的實驗如何前衛大膽，我還是看重、非常看重詩的內在音樂性。詩的兩項文本特質，很難被超越、被代換。一項是詩在閱讀上的線性結構，詩是有頭有尾的，閱讀一定有順序的，所以閱讀過程一定是時間的藝術，像音樂，永遠沒辦法轉換成如繪畫、雕塑般的空間經驗。另一項就是詩的聲音特色。儘管有所謂「圖像詩」式的試驗，想要讓詩化約成純粹的文字排比，取消詩的時間性與詩的聲音性，然而這種方向畢竟難成主流。

聲音是詩的另一個重要創造性元素，可以增加詩的廣度與厚度，很多詩、很多詩句，單純從文字字義表面，或許很單調很平凡，可是卻迷人得不得了。仔細追究的話，常常是聲音的戲劇在某個意義的轉折點上，起了大作用幫了大忙。

不過我看重、我在意的詩的聲音，必然是內在的、曖昧的聲音。它介於有與無之間，它也就容納了聽者自己解釋與編造的空間。我們不是那麼確定遠方是不是真有那麼首歌。我們不是那麼確定什麼樣的人用什麼樣的聲音唱著什麼樣的曲調。我們猜著我們迷疑著，所以那歌聲才變得魅惑、那歌聲才變得獨特，每個讀者透過自己的聆聽，聽到不同的歌。

所以我那麼在意詩的聲音，卻絕對不喜歡，甚至不太能忍受任何形式的詩的朗誦。詩的朗誦，不管任何形式，都是把應該飄在遠方、應該若有若無的歌，大剌剌地在你耳邊大聲唱出，你聽得句句清楚、字字飽滿，然而你對聲音的飢渴與好奇，也就被破壞了。

我只愛聽遠方彷彿依稀的歌聲。這是我的偏見與偏好。

詩的巨大容量

詩當然不完全是甜美的。我不能同意你說的，詩是拿來騙少女用的，超過少女程度的智慧拿去讀詩都是浪費。這種輕蔑的話，侮辱了詩的本質，也侮辱了少女的智慧。

在我的理解中，詩的內在有一種殘酷，或者說一種驚怖。柯波拉的經典電影《教父》剛上演時，許多影評人都提到其中展現的詩意，或者是暴力詩學（poetics of violence）。因為他喜歡安排鋪陳在最平靜最幽美的氣氛裡，讓暴力醞釀、讓血腥凸顯，那種細膩的對比運作，的確是詩的。

多年前在美國時，曾經看過一部紀錄片，叫《多拿黨》（*Donner Party*）。「多拿黨」不是個政黨，是一群在一八四六年四月從伊利諾州出發，要到西部拓荒的人。他們一共有八十七個人一起坐上篷車，開始兩千哩的旅程。他們之中最有錢的一家就姓「多拿」，所以歷史上就將他們通稱為「Donner Party」。

他們憑什麼在歷史上留名呢？因為他們可能是所有西部拓荒的人群中，最倒楣的八十七個人。他們最倒楣犯的最嚴重錯誤，就在相信了當時一位年輕的探險家，後來鼎鼎有名的哈斯汀（Lansford Hastings）所寫的書。哈斯汀在書裡吹牛說他發現了一條到達加州的捷徑，走捷徑可以比走舊路省下四百哩。

多拿黨這批人沿著哈斯汀的路走，首先遇到問題是哈斯汀是騎馬走的，他們卻坐在龐大的篷車上。那條捷徑上有一段整整卅六哩都是矮木叢，要讓篷車通過簡直比登天還難。再來他們照哈斯汀指引的路穿越鹽湖沙漠，發現哈斯汀走法比舊路遠上兩倍。整整五天裡，他們在沙漠獲得不到一滴水的補充，被迫幾乎拋棄了所有的身外之物，才勉強從沙漠裡脫困。歷盡千辛萬苦，到達了加州邊境，這時只差翻過一個山嶺，就能進入沙加緬度谷地。

他們想走捷徑，卻反而多花了好些日子才走完西行之路。到達加州邊境時冬天已經來到。他們決定休息一晚第二天一早就可以入山越嶺。然而就在當天晚上，大雪瘋狂落下，一口氣落了兩呎高的雪。他們一無所有，而且完全不可能離開被冰雪封住的據點。他們只得在湖邊紮營苦撐待變。

那一整個冬天，湖邊下了二十二呎的雪。積起來超過兩層樓高度。他們吃掉了牛、吃掉了狗、吃掉了留下來的馬皮，最後他們吃死掉同伴的屍體。別人在屋中火爐旁慶祝聖誕節時，他們鼓起勇氣組織了一支十五人的義勇隊，冒著風雪上山，其中七個人奇蹟般地越過隘口尋得人跡。加州沙加緬度谷地的人家一共動員了四組救援隊，才把留在湖邊的人救出來。

八十七個一起出發的人，只有四十六個活下來。其他都成了生還者得以捱過飢餓的食物。這絕對是恐怖、殘酷的故事。終極的悲劇。

看過這樣一部悲慘的紀錄片後沒有多久，我剛好有機會到美西旅遊。在往優勝美地的路上，被一個靜謐秀氣的湖吸引了。車停之後，散步湖邊時才意外發現那個湖竟然就叫「多拿湖」。

我渾身起了滿滿的雞皮疙瘩，並且狠狠打了個寒顫，沒有任何資料介紹，但我知道這就是當年「多拿黨」那群倒楣人困守的地方。他們在這裡生病、呻吟、斷氣，在這裡被一片片切開吞吃。

紀錄片裡的景象與眼前的湖光山色錯雜交纏。綠色的湖水竟然展現出一種無可形容的豔美，美得令人不能逼視，又美得讓人無法忘懷。美與戰慄的同時共震。

對我來說，這就是一種詩，或一種只有藉由詩與詩意才能傳達的感受。這就是詩在甜美中統一了殘酷驚怵的巨大容量。

六個峨眉六個月亮

詩真的有很大的容量。我可以理解你對詩在現代社會低潮處境的悲觀，我也可以理解你對詩作為一種文類的質疑態度，詩不是萬能的，詩不能觸及的心靈比它能感動的一定多得多，詩不能傳遞的情感當然也多得不得了，這些都對，不過我依然認為：詩比你在激憤中描述的來得廣大、來得寬闊。

你說詩人都喜歡標新立異，結果把自己的路越寫越窄，只能寫別人沒寫過的，於是就寫出一大堆稀奇古怪、為立異而立異的詩。這個說法，我不能完全同意。詩所創造詩所理解，在新與舊，自我與讀者間的游移擺盪，遠比你說的複雜。

詩人有一種藝術上創新的義務，他不能抄別人講過寫過的，他必須盡力突破前人的框架與規畫，開創出自己的聲音，但這並不表示他找到的聲音一定會越來越孤僻、越來越造作。孤僻、造作也會變成詩的某種普遍風格、窒息人的拘束，這時候詩人要追求的創新，反而會變成是拋棄孤僻與造作，回歸與大眾語法、大眾語彙的呼應。

舉個例來說吧。唐朝是中國文學史上詩的形式自覺最高的時代。近體詩（律詩與絕句）的興起，一個意義就是詩的精簡要求抬到最高點，詩必須在最短篇幅內用最精準最簡省的文字，傳達最多最豐富的訊息。在這種思潮影響下，詩的寫作有了許許多多的忌諱規定，而避免使用重複、相同的字詞，可以說是再基本不過、再嚴格不過的底限。正因為我們一般鬆散、不美又不準的語言裡充滿了重複、相同的字詞，詩必須鍛字鍊句，無論如何在那麼短那麼有限的篇幅裡，絕對不應該犯這樣的毛病。

可是那個時代最了不起的天才李白，他卻有一首我很喜歡的詩是如此寫的：

我在巴東三月時，西看明月憶峨眉。

月出峨眉照滄海，與人萬里長相隨。
黃鶴樓前月華白，此中忽見峨眉谷。
峨眉山月還送君，風吹西到長安陌。
長安大道橫九天，峨眉山月照秦川。
黃金獅子乘高座，白玉麈尾談重玄。
我似浮雲滯吳越，君逢聖主遊丹闕。
一振高名滿帝都，歸時還弄峨眉月。

〈峨眉山月歌送蜀僧晏入中京〉

十六句詩中，「峨眉」一共出現了六次，月亮的「月」也出現了六次。整首詩就是環繞著「峨眉」與「月」建構起來，非但完全不避忌重複，還刻意強調重複。

李白不喜歡嚴格拘謹的近體詩，尤其不喜歡律詩，是出了名的。《李太白集》中超過一千首傳留下來的詩，只有八首是律詩，相較杜甫光是以〈秋興〉為題，就連作了八首律詩。李白最擅長樂府、歌行，也是有名的。

李白的標新立異，就在不肯那麼省字，那麼經濟。他製造了的效果是大大豐富了詩的音樂性，「峨眉」、「月」、「峨眉山月」的幾番浮現，顯然不是為了意義上而是聲音上的考慮。然而順暢、因疊句重詞產生的韻律，倒過來給整首詩不可言喻的瀟灑氣氛，影響、甚至決定了詩的意義。

這樣的詩，不只顯白易懂，而且可以琅琅上口，誦讀本身就是一種享受。從當時的詩的主流來看，是冒犯、越界的詩，破壞了詩的紀律。可是它又維持了純粹的詩的精神，這絕對不是沒有安排的口語，也絕對不是一般人隨便可以說得出寫得出的。

詩的要求規定，在創新突破的用心驅策下，會不斷在難與易、菁英與普羅、縮小與擴張間辯證循環。它不會，也不可能單向一直朝著你討厭你害怕的那條窄路走，窄路走久了，一定會翻過來開大門走大路的。只是它每一次的辯證變化，都不會回到前一個循環階段的原點上，它不斷開拓出不同的緊縮、不同的舒張的方式。

真的就有這麼大的容量，可以容納六個峨眉六個月亮。

一張新鮮的履歷表

一九九六年諾貝爾文學獎頒給了波蘭女詩人辛波絲卡（Wislawa Szymborska）。領獎時，辛波絲卡發表了一篇題為〈詩人與世界〉的演說。

辛波絲卡對詩人這個行業最主要的定位是：「詩人——真正的詩人——……必須不斷地說『我不知道』。」詩人因為「不知道」，所以開始寫詩。「每一首詩都可視為回應這句話所做的努力。」不過如果透過詩，詩人真的「知道」了，真的覺得自己找到了能夠安心的答案，那麼弔詭地，他也就被取消了作為詩人的資格了。

詩人創作那麼多的詩，在辛波絲卡看來，是因為「他在紙頁上才剛寫下最後一個句點，便開始猶豫，開始體悟到眼前這個答覆是絕對不完滿而可被摒棄的純代用品。於是詩人繼續嘗試，他們這份對自我的不滿所發展出來的一連串的成果，遲早會被文學史家用巨大的紙夾夾放在一起，命名為他們的『作品全集』。」

換句話說，因為永遠找不到答案，才會有詩人持續不懈的努力。可是再退一步問：為什麼詩人會一直感到疑惑，又一直覺得找到的答案無法滿足他們呢？這個世界上，不是有那麼多人，從政治家到科學家到律師到教師，在提供我們大量的答案，我們其他人，不就都是活在這些答案織成的意義網絡裡，才得以過我們的日子，也才得以和其他人溝通、合作的嗎？

從某個角度看，我們因而理解：詩人為什麼常常看來那麼古怪與孤僻，正就緣於他們老是不滿意其他人接受為基本存在前提的答案。我們也因而理解：為什麼詩這樣的文類形式，看似在向外表達，卻又那麼拒人於千里之外。詩人要表達的，就是他對一般人習以為常信仰概念的不滿意與不同意，他們傲慢自大地堅持要給自己尋找的答案，然而另一方面，卻又挫折自卑地不信任自己找到、自己給出的答案。

詩人——真正的詩人，幾乎都既自大又自卑。他們個性的古怪、脾氣上的暴烈多變，幾乎是他們追求詩藝過程的職業病。他們既驕傲又沒有自信。

辛波絲卡解釋：詩人會這樣，因為他們不相信不接受「太陽底下沒有新鮮事」。辛波絲卡想像自己去找「太陽底下沒有新鮮事」說法最早出處《舊約‧傳道書》的作者，向他委婉抗議：「我不相信你會說：『我已寫下一切，再也沒有任何需要補充的了。』這樣的話世上沒有一個詩人說得出口，像你這樣偉大的詩人更是絕不會如此說的。」

詩人不是不知道天底下多少事都在重複，他們只是不接受。詩人不見得自己能夠找到、創造出什麼真正了不起的新鮮事新鮮東西，然而他們吃了秤錘鐵了心，就是不接受人家現成的答案安排，他們先入為主相信藏在這些答案安排後面，有別的不同的意義。是這種懷疑、這種不捨的找麻煩精神，讓他們無論如何不承認「太陽底下沒有新鮮事」。

就像辛波絲卡自己寫過一首叫作〈履歷表〉的詩。詩中她把最平常最不新鮮的履歷表翻來覆去查驗，提出了一連串的質問。

我們人生這麼長，為什麼履歷表那麼簡短？我們身處、看過的豐富風景，為什麼要由無趣的地址來取代？對我們一生影響最大的記憶，包括愛情、朋友、夢，還有狗、貓、鳥，為什麼在履歷表裡都沒有位置沒有意義？我們參加了怎樣的團體、用什麼手段獲得了怎樣的光榮頭銜，為什麼過程、動機統統不重要呢？

更要緊的，把這些都剝除掉了，履歷表裡的那個人，和真正的「我」究竟形成一種什麼樣的關係呢？那還是「我」嗎？如果不是「我」，為什麼還能代表「我」代替「我」去接受這個社會的評斷衡量呢？

經過詩人如此鍥而不捨的追索，突然間在我們眼前浮現出一張寫滿問號、完全新鮮的履歷表。

對世界的熱愛與厭棄

瑞典詩人特朗斯特拉姆的短詩：

厭煩了所有帶來詞的人，詞而不是語言
我走向白雪覆蓋的島嶼
荒野沒有詞
空白之頁向四方開展！

我觸到雪地裡鹿蹄的痕跡
語言而不是詞

這就是我說的詩人近乎本能性的孤僻，以及關於孤僻來源的解說。一種對世界的熱愛與一種激切極端的厭棄，同時存在於我們認識、熟知的那些最優秀的詩的心靈中。詩人絕對不是厭世者，雖然我們常常在詩裡讀到帶有厭世意味的悲觀情調。

而你不是什麼；不是把手杖擊斷在時代的臉上，
不是把曙光纏在頭上跳舞的人。
在這沒有肩膀的城市，你底書第三天便會被搗爛再去作紙。
你以夜色洗臉，你同影子決鬥，
你忙遺產、忙妝奩、忙死者們小小的吶喊，
你從屋子裡走出來，又走進去，搓著手……
你不是什麼。

這樣的詩夠悲觀了，對於世界的評價夠低了吧。可是詩人的基本態度卻不是棄絕的，更不是毀壞的。他要尋找的答案不會是：那就把這一切都作廢吧，所有敗德的、平庸的、無聊無意義的，通通都燃燒氧化清空吧。詩人最終到達的結論是：

哈里路亞！我仍活著。
工作，散步，向壞人致敬，微笑和不朽。
為生存而生存，為看雲而看雲，
厚著臉皮佔地球的一部分。……
在剛果河邊一輛雪橇停在那裡；
沒有人知道它為何滑得那樣遠，
沒人知道的一輛雪橇停在那裡。

你了解我的意思嗎？詩人的厭棄，其實來自於他們敏感地在生活裡看到聽到了許多讓他們深深感動的訊息，那訊息可能壯麗、可能寧靜、可能混雜錯亂、可能崇高超越，當然也可能腐臭敗德。那些訊息，在詩人心靈裡構成了特朗斯特拉姆詩中所說的「語言」，可是這種「語言」，卻並不存在於既有既成的「詞」裡面。

會成為詩人的人，比其他人更看重更在意自己依稀隱約聞見的「語言」。我們大部分的人在社會化成長的初期，就被教會了去忽略、封閉那些「語言」，改用現成的、別人可以接受的「詞」來表達與溝通，「詞」能夠表達的，我們才接納、承認其為世界合法的一部分，「詞」所觸及不到的地方，我們也就駐足不前了。

我們成了「詞」的囚犯，只在「詞」所圈畫出來的範圍內享有自由，然而卻錯覺自己真正自由。為什麼會如此永遠自滿呢？因為我們對「詞」所範限區域以外的世界，沒有那麼強烈，那麼非接近不可的愛與衝動。

詩人渴求遠比我們理解的更大的自由。「詞」的牢籠之外的自由，他們對於這些固定的「詞」感受到空前的厭倦。他們也必然厭倦用這樣固定、僵化的「詞」，與這個世界交往、互動。

詩人的追求，一方面是一種新的「語言」，一種「向四方開展」的「語言」；另一方面是這種「語言」可以涵蓋、描述的更廣大的世界。很多時候，這兩種追求緊密纏捲，互相翻滾嬉戲、互相吞噬著對方的尾巴，終至再也分不清哪個是哪個。

有時候詩人用自己的方式記錄、發掘、解剖我們的世界；有時候詩人創造一個我們看不見聽不到的世界，只有通過詩人的「語言」，我們才能意會那個世界的存在。當然最多的時候，這兩件事再也分不清了，我們不明白在什麼地方詩人對現實世界的異質書寫終止，而另類鬼魅的詩幻世界開端。

穿梭來去於其間的詩人，必然是孤僻的。不斷掙扎於「詞」與「語言」間的詩人，必然是孤僻的。詩人因為對世界超乎常人的熱愛，不得不厭棄在他看來褻瀆了世界獨特性的陳腔濫調。詩人用他最決絕的厭棄，來表達他對世界最深摯的熱愛。

哈里路亞！詩仍活著。

存在的最底層是風格

德枯寧（William de Kooning）是二十世紀重要畫家，他的創作生涯橫跨好幾個藝術風格時期。十二歲他就進入「鹿特丹藝術與技術學院」就讀，一九二六年二十二歲時移民美國。一直到一九九〇年，幾十年內他都創作不懈。

最令人驚訝的是，德枯寧晚年得到俗稱「老人癡呆症」的「阿茲海默（Alzheimer）症」。這種病會慢慢侵蝕人的腦部，一點一點掏空人的記憶，一點一點遺忘，先忘掉最近發生的事，再忘掉過去遙遠的事，最後忘掉基本生活所需的運作方法，真的是一步一步退化為還沒習慣還未熟悉人間的幼兒、嬰兒，到連最基本的吃喝拉撒都不再能夠自理。

德枯寧的阿茲海默症狀，使得他到一九八六年，已經沒有辦法簽自己的名字了。然而他卻一直到一九九〇年，才完全放下畫筆，換句話說，有好幾年，他腦袋已經幾乎被殘酷的疾病給掏空了，他什麼都不能做什麼都不會了，就只會畫畫。

而且他的畫並沒有隨著他的生活機能退化至幼稚、粗劣的地步。受到阿茲海默症影響後的畫作，雖然不復他壯年時代的那種隨興流盪，轉變得比較沉厚凝重，年輕時一筆揮就的線條，他現在得改用幾百筆小心細微的筆觸來複製、描摹，然而不可否認的，他的畫依然具有高度專業藝術水準，並且一眼就看得出來德枯寧式的風格。

我們可以再對照一個同樣是畫史上的例子。印象派大師莫內最擅長於捕捉自然光影的變化。他的庭園與他的藝術密不可分。每個人都記得他畫的睡蓮。為了充分凸顯光影的質地，他的景物幾乎都是靜止的。他最有名的倫敦鐵橋畫作，同一個角度畫了好幾次，為了要顯現在不同天候下，景物變幻如夢的色澤，重點都在由靜態景物展現出的清晨、正午、黃昏與雨中的感覺，至於這不同時節內，與倫敦鐵橋那塊區域相涉的人們，從事些什麼活動，可能變化些怎樣的心情，就不是莫內和他的畫會去關心、記錄的了。

然而到了晚年，畫完最巨幅的睡蓮屏風之後，莫內卻有了大轉變。他保留了繼續創作超大號作品的雄心，依然是以自然為主題，但是整個心情卻從寧謐的睡蓮轉入在水中恣意招搖的狂柳。柳樹的動態占據了這組鮮少被注意的莫內最晚期作品的中心位置，莫內的創造力似乎突然從原先的空間挪移到了時間上。以平面、靜態的形式去探入最難捉摸的時間，就使得莫內的這批畫作離開了確切具體的形象，意外開啟了從印象派通往抽象派的暗道。

莫內從印象派走向抽象，可是我們卻還是清楚看到那最晚期最狂亂的作品中，依然有清楚的莫內的印記。很難說明那貫串的特質特色是什麼，只能稱之為「風格」。

一個癡呆了的老畫家，一個狂亂了的老畫家，卻都保有了他們的「風格」。阿茲海默可以摧毀德枯寧簽名的能力，卻還是摧毀不了他的風格，難怪心理學家 Oliver Sacks 會說：「風格是一個人存在最底層的部分，即使在失心瘋中都會存留到最後。」

一個詩人和一個好詩人，一個好詩人和一個偉大詩人之間的差異，在我看來，就在「風格」的強度與深度。詩人寫得出好詩，然而要能創造出好的風格，穩定而醒目，他才能升級成為一個好詩人。至於偉大的詩人，那就是讓你在他的詩裡，讀到一種堅決、強韌甚至霸道的風格自信與自主，宣告著不管海枯石爛、世界毀了、時間停滯了，他都不會放棄炫耀他的風格。

在像德枯寧這樣強悍的風格撲面而來時，我們必然謙卑，謙卑中我們才能學到不是內容不是形式不是任何有形訊息，所帶給我們的感動與戰慄。或者用德枯寧的話形容，那種「沒有恐懼卻充滿了戰慄」的奇異感受。

我們對自然抱持著強悍的信任

美國女畫家 Vija Celmins 在七〇年代曾經完全停止作畫。她把精神轉而投注在造型藝術上，開始了一項後來命名為「整修記憶形象」的創作計畫。

這項計畫，名稱很抽象很空洞，充滿了情緒（尤其是懷舊情緒）的暗示；然而實際作法卻簡單且冰冷到令人驚異的地步。Celmins 找來天然的石頭，將石頭的形狀用青銅翻鑄，然後再在銅鑄的假石頭上著色，盡可能讓最後的成果接近石頭原樣。

Celmins 花了整整五年的時間，耽溺癡迷地進行這項創作。最後成果是：十一組石頭。每一組兩個石頭，乍看之下一模一樣，可是同時又展現出某種無法忽略、無法言說、又無法捕捉的差異。

看那二十二顆真假石頭的經驗，極為特別。每一組的石頭長得如此相似，可是在瞬間的觀看中，你就是知道它們不一樣。觀看者被迫去追問、被迫去分析，為什麼明明一樣的東西，我們卻強烈地拒絕接受它們確實是完全相同的。

從這裡引導出 Celmins 的作品與她原本密切參與的「超級寫實派」之間的複雜關係。「超級寫實派」從質疑攝影術宣稱藉著相機鏡頭捕捉到的「真實」出發，他們畫出簡直像是照片般的寫實影像，然而那些影像後面卻並未有「真實」為其根據。「超級寫實」畫得那麼像那麼逼真，目的卻是為了揭露「寫實」的欺瞞與不可靠。「超級寫實派」用作品向世人宣告：「你們以為照片中那麼接近視覺現實的影像，就是可信的嗎？我可以給你和照片一樣逼真的效果，然而我畫中的景象，難道就必然曾於特定時空中存在過嗎？」

「超級寫實派」的質疑與挑釁，在 Celmins 手中又前進了一步，她的石頭和照片最大的不同點，在於石頭的天然來源。看到那組一模一樣的石頭，我們之所以立即起疑，一部分理由來自我們經驗裡根深柢固對自然的某種預期，或者毋寧說是某種信任吧。我們相信自然界雖然存在難以計數那麼多那麼多的石頭，卻不會有兩顆石頭真正完全一樣。就算真的存在相似到肉眼難以分辨的石頭，那要被找到的機率也是微乎其微的。

觀者不見得真正察覺了真石頭和銅石頭有什麼差異，而是他們心裡拒絕接受會有十一組二十二個石頭這樣成對出現的機會。他們先不接受，然後才發現那最細微最奧祕，理智無法訴說，情感卻堅信必然有的區別。

原來，我們對自然的多樣性、對自然物件的獨特唯一性，有這麼強悍的信念！Celmins的石頭作品，如此清晰震撼地提醒我們。同時也提醒了我們，和多樣且唯一的自然相比，人造的東西單調乏味、整齊統一到什麼樣地步。我們不可能去叩問兩張照片的一致性，或者是兩個汽水瓶、兩張A4白紙、兩個同型電腦鍵盤……之間的歧異何在。

Celmins五年的苦勞，還標示了另一項藝術的線索。那就是不管如何努力忠實於自然，抹殺藝術家的干預，人造的東西一定會留下自然所沒有的成分成色。藝術往往就誕生在人所添加於自然之上，看似再自然不過的某些微妙成分成色中。

這是藝術最神奇、最難解釋的部分。那麼像石頭的銅鑄品，散發出原本石頭所不具有的成分成色，組構為除了用「美」，沒辦法以其他概念描述的意義。我們知其為美，卻絕對無法導譯出其之所以美的道理。

就像你問的楊澤的詩〈拔劍〉。

日暮多悲風。
四顧何茫茫。
拔劍東門去。
拔劍西門去。
拔劍南門去。
拔劍北門去。

這麼簡單、空泛的字句排比，可以是詩嗎？當然是詩。可以是首好詩嗎？當然是首好詩。可以說得出來好在哪裡嗎？說不出來，的確說不出來。就像 Celmins 鑄造的平凡石頭一樣，說不出來的美，仍是不折不扣的藝術與美。

一直不斷地剝光再穿上

近代法國最偉大的畫家之一，Jacques-Louis David 經歷了大革命最混亂的時期。他有一幅畫標題為《網球場上的誓約》，這幅畫很有名、很重要，不過你現在走遍全世界的美術館博物館，也找不到這幅畫。《網球場上的誓約》沒有失蹤也沒有毀於盜賊或戰火，這幅畫 David 從來不曾完成。

沒畫完的作品，為什麼會有名，又為什麼會重要呢？因為在美國哈佛大學的佛格（Fogg）美術館和羅浮宮留下了 David 作畫的準備草稿，也留下了關於這幅畫的紀錄。

《網球場上的誓約》沒能完成，主要原因是 David 的動作太慢了。在他忙於草稿、細部初稿的過程中，原本他畫中那些共誓參與革命的英雄們，一個個陸陸續續上了斷頭台，不只是魂斷九泉，而且被打成了狗熊。更麻煩的是，將這些人送上斷頭台去的，是大革命中崛起的新貴，也是 David 自己在政治上的親密盟友們。

我們當然可以理解為什麼 David 決定不把這幅畫完成。政治局勢變動快到原本要為歷史留下永恆光榮見證的藝術努力都還來不及有成果，光榮已經翻轉為恥辱。政治的無情反覆與藝術的無奈，在這個例子裡對比凸顯得如此強烈、清晰。

不過除此之外，還有一項有趣的意義。那就是我們追究 David 為什麼會遲遲畫不完《網球場上的誓約》時，發現了他特別的作畫習慣。像《網球場上的誓約》這等莊嚴重要的畫，David 要先把畫上出現的每個人物，都先以素描刻畫精確的裸體草稿，然後再一一幫他們畫上適當的服飾，然後把個別研究過的人體形象湊在一起，安排應有的畫面位置，加上其他景物布局，完成細部初稿。

可是等到從初稿要搬上完稿的畫布上時，David 竟然還要重複前面的程序，再從裸體的人像畫起，等於是整個過程中，他必須幫這些畫中人物脫穿脫穿兩次想像的服飾，難怪要花那麼長的時間！

後世的藝術史家，對這個過程有許多討論。有人認為 David 的這種習慣，反映了一絲不苟的寫實信念，也大大提高了十八、十九世紀西方的繪畫技術。然而也有人從另外一個角度，不從技術功能面，而從心理意識層次，來試探這種程序的影響。

老實說，詳細描繪並未增加最後完全被複雜衣飾遮住了的身體部位的寫實程度，尤其是初稿打好後，再一次把人物剝光，從技法上真的看不出什麼道理來。再者 David 並不是個天真的寫實主義者，他要的不是將這個世界的真相具體呈現，如果只是這樣，他不可能成為藝術大師。David 所致力的，是發現某種美的原則與畫面，然後將之表現得有如現實真實般。

如果從這種角度去理解，我們發現：David 似乎是相信只有剝除了容易混淆耳目的衣飾，回到身體的某種內在原型，才能找到他想要的美的原則與畫面。他必須要以藝術的力量回到原點改造那些身體，才能說服自己這些形象夠資格搬上他的畫布，他似乎永遠在擔心在疑慮，還有什麼不夠完美完善的細節躲藏在衣服的遮掩中，偷偷爬上他的作品，所以不憚其煩地一再脫掉脫掉。

另一方面，他似乎也在反覆享受著，剝除這些畫中大人物假象裝飾的樂趣。看看他們被剝奪了衣裝給予的虛偽尊嚴與莊重之後，還會剩下什麼？享受藝術家將他們降服嘲弄，再用藝術天分重新塑造賦予他們新的神聖性的某種近乎參贊化育般的至極樂趣。

你問我，詩到底應該怎樣對待現實？詩要和現實保持怎樣的關係？對這個龐大、艱難的問題，我首先想到的就是 David 的態度，一直不斷地剝光再穿上，剝光再穿上，畫是如此，詩也應該如此吧。

我在詩中讀到革命的堅強與脆弱

縱使你將我遺忘又何妨？
我將探尋你每一個親愛的休憩之處
化做顫動而純粹的音符吧，
化做香味、化做曲調——再化做歌謠或符號吧
藉此種種，而我信仰的主旋律將被反覆傳唱……

我珍愛的土地啊，請傾聽我最後的告別！
菲律賓吾愛，我痛苦中的痛苦，
我將與汝等別離，與雙親，與一切摯愛者別離，
我將航向沒有奴隸沒有暴君的土地，
航向信仰絕不殺戮，航向上帝統治一切的土地……

再會吧，我靈魂所能理解的一切——
我被剝奪的家園的父兄姊妹；
感謝我被壓迫的日子已到了盡頭；
再會，親愛的陌生人，我的快樂與朋友；
再會，我親愛的人們。死亡只是休息而已。

這是一首別離的詩。這詩如此特別的地方，在於反覆迴旋抒嘆別離的曖昧情緒。別離當然是苦的、是遺憾的、可以預見接踵而來的思念折磨，所以說「縱使你將我遺忘又

何妨？」當然是逞強，當然是為了引出後面幾句自我安慰的話而特別列在前面的反語。我與我所信仰的主旋律，詩人用最肯定的語氣申說，終將化作氣息化作聲音化作生活裡無處不在的天羅地網，無遠弗屆地將你包圍，我雖離去卻還肯定必在。

可是詩中另外傳達出對於別離一種不可明說、卻又忍不住流露出來的嚮往。詩人的摯愛，同時是「痛苦中的痛苦」，和一切摯愛者別離後，他反而將航向沒有奴隸沒有暴君的土地，航向一個上帝統治的和平世界，航向真正的休息。

詩人其實不知道位於航程彼岸等待他的，究竟是什麼樣的光景。畢竟他靈魂所能理解的一切，都必須留在此岸，那顯然就是被剝奪的家園裡，親人日復一日忍受的壓迫與苦難，這是他靈魂承受靈魂充盈的現實境況。換句話說，前面說的沒有奴隸沒有暴君的土地，豈不又成了一種空洞的想像，一種對自己的敷衍、對送行者面對別離時的聊表安慰而已？

然而無論彼岸的許諾如何空洞，詩人的感謝卻是真的，他對休息的渴望也是真的。他記起來生活裡不真的完全沒有快樂，他記得有親愛的人和朋友們，但他還是坦然直視死亡，只因死亡會帶來他暗暗企求的休息。

這絕對是一首充滿張力的詩。這也是一首在浪漫悲傷中，讓人可以隱約感受到暴力的詩。並不是因為詩中提到死亡、提到暴君、奴隸與殺戮，有比這些都更深沉的暴力殘酷閃現著，閃現在一個人面對死亡、懷想親友，竟然會如是三心二意、心緒曖昧，顯見他所必須忍受的生活多麼恐怖多麼累人！

這是一個疲倦了的革命家的告白。他恨不得可以保持為家園與父兄姊妹不懈努力的鬥志，然而在死亡即刻襲來的陰影裡，他禁抑不住想要遠離、想要放棄的自私念頭。

這是菲律賓國父黎剎（Rizal）在被處決前所寫的詩〈最後告別〉中的結尾幾段。原文是用西班牙文寫的，我在班納迪克・安德森（Benedict Anderson）的名著《想像的共同體》（*Imagined Communities*）裡讀到的，這裡抄的是老友吳叡人的翻譯。

我羨慕菲律賓人可以透過詩和古遠的革命精神遙遙相通。我也羨慕菲律賓人有一個這樣的革命偶像，用詩將自己的堅強與脆弱同時表達得如此真實。我對菲律賓革命歷史所知有限，但是透過詩，卻對革命中的浪漫與暴力、堅強與脆弱，體會得那麼清晰。

你問我詩真的可以跨越時光嗎？這是多麼龐大而艱難的問題啊，我只能嘗試提供這樣一點初步的答案。

誤會中的詩的趣味

詩無法完全跨越時空。另一個時代另一種語言裡呈現的詩意，怎麼可能原原本本傳留呢？

我們讀過，我們聽過似乎是矛盾悖反的兩極說法。一個說詩承載著某種神祕的普遍真理，碰觸到某種人類共通的情緒與情愫，所以能夠在千載之下、千里之外，依然有效牽動喜怒哀樂。另一個說法卻又歷歷確鑿指認：詩是最難、甚至無法翻譯的。我們可以透過翻譯吸收異質的資訊，然而翻譯後的詩必然失真失準失去細膩的色澤光影變化。

其實兩個說法不一定是絕對矛盾的。如果我們不是從僵化的文本本位去看待詩；如果我們給予詩更大更自由的閱讀空間的話。詩和新聞、物理學論文大不相同，詩從來不是為準確傳達任何訊息而寫的。詩是曖昧、模擬、過度簡約或過度囉嗦的語言錯誤策略集大成之處，詩是最糟最壞的語言溝通範本。因為它不溝通，或說它不用「出發／到達」這樣的正統模式溝通。

在詩的世界裡，沒有什麼固定的東西，由詩人裝上以文字為形式的詩，然後原原本本載運到讀者端，再由讀者卸貨領貨的。詩不是這樣運作的。詩是由一組一組極度個人的暗號裝配在一起，呈現出某種神祕卻沒有標準答案的秩序，詩人與讀者間的共通感受是領略到那神祕秩序的存在，由神祕秩序回推解碼那組暗號，但他們領略到的秩序內容，他們解出的暗號答案，可以完全不一樣。

詩是一種態度。一首詩的內容不見得就要在文本字句的轉譯中忠實呈顯出來。在詩的態度引領下，一首詩可以在既有既定的文本以外，衍生出更多的字句段落，卻都還在詩的包容範圍內。

喬治桑在《農村傳奇》裡引的一段法文小詩，是絕對無法翻譯的。因為裡面出現了兩個字典裡找不到的字。字典裡可以找到 flambé（鬼火），可是卻不會有 flambettes 及 flamboires 。法國人可以輕易讀懂，他們知道那是詩人自己加上去的字尾，讓「鬼火」成了更調皮更活潑的「小鬼火」。法國人更可以發出會心微笑，他們理解詩人運用了法文裡的陰陽辭性，故意製造出陽性的小鬼火 flamboires ，在暗夜裡去迷惑女孩讓她們迷路；如果來的是男孩，就換成陰性的小鬼火 flambettes 上陣了。

在沒有辭性陰陽變化的中文裡，這種詩怎麼翻譯？沒辦法翻譯，可是透過解說與詩的興味介入，我們一樣可以領會這中間的奧妙與奇境。

甚至正因為時代、文化的差異，而增加了詩的意義厚度。這種厚度也許偏離了原詩的指涉，卻仍在詩所激發的普遍想像裡。

我們的中文雖然沒有明確的陰陽分別，不過文字間卻自有一套男女區分的習慣。例如說，「瑪格麗特」當然帶著濃厚的女性，甚至是少女意味。可是你知道嗎？我們又稱「小雛菊」的「瑪格麗特」這種花，在法文裡竟然是陽性的。還有一種花，法文裡叫 Coquelicot ，發音聽起來就像是粗厲的雞啼聲，在台灣通行的中文裡也稱之為「雞冠花」，兩者都帶有強烈的雄性暗示，然而這種花在大陸的中文裡卻成了非常俗豔的「麗春花」。陽剛與陰柔間的辯證轉換，因歧義而刺激出多少普遍的詩的趣味！

我們小時候認識一位好萊塢的絕世大美女，叫瑪麗蓮・夢露；我們又從課本裡知道美國有位提出「門羅主義」的總統叫詹姆斯・門羅，可是要到很久以後，我們才赫然發現這兩個在我們意識裡相去絕遠的人物，原來同姓 Monroe。「夢露」與「門羅」，我總覺得這中間也有某種誤會中的詩的趣味。

從詩到平凡生活的距離

你聽過一位法國導演侯麥（Eric Rohmer）嗎？他不像高達不像楚浮不像布烈松那麼有名，不過他扎扎實實拍過一些很不錯的電影。他原本是個教文學的老師，後來開始寫影評，他寫影評的動機和用心很簡單，就是在狀似公平客觀的姿態裡，拚命偷偷宣傳宣揚「新浪潮」導演們的作品。影評寫久了，和這些人聲氣相投混熟了，他也開始自己拍起電影來。

他真正嶄露頭角，贏得電影圈的肯定，已經是他五十歲時的事了。也許正因為過了年輕氣盛的階段，他拍不出高達《斷了氣》那種青年叛逆，也拍不出楚浮《四百擊》那種童年天真，他比所有新浪潮的導演都蒼涼些也滄桑些。

我覺得他的電影最接近詩，或最接近你說的那種在不是詩的形式裡感受到的撲鼻詩味。我記得距我真正看到侯麥的電影許許多多年前，我在一本書裡看見一幅劇照，那本書是已故的影評人兼導演但漢章（他的經歷資歷多麼像侯麥！）寫的《電影新潮》。《電影新潮》是但漢章在《中國時報》上專欄文章結集而成的，專欄剛見報時用的是在當時足可稱「驚世駭俗」的「新電影性電影」，後來實在受到太多攻擊批評，才退而改成沒那麼聳動的「電影新潮」。

但漢章那本書讓我懵懂地領悟到了電影的複雜性，不過更重要的，他書中收錄大量「性電影」劇照，以及對各種觸及性議題的電影描述，更是滿足了一個在荒蕪時代成長的青少年的好奇。

我記得但漢章書裡收了一張劇照，相片裡有一個下半身圍著浴巾，上半身裸露的女性背影。而面對鏡頭的是一個半跪著的男性，衣著正式整齊，兩手扶在半裸女子的腰部，似乎正小心翼翼誠惶誠恐地一吋吋褪去浴巾揭示女體的深刻奧祕。男子的表情非但不是急色貪欲的，反而比較接近沉思、猶豫與一點點崇拜。女性的背部並不完美，看得到幾顆明顯的黑痣。

少年的我被這張照片迷住了。絕對不是因為色情挑逗，書中有太多更大膽露得更多的劇照。也不可能是迷戀照片中甚至沒有顯示面容的女星。我也不清楚到底著迷什麼，只知道每次翻到那頁，就感到難以遏抑的激動心悸。

所以不會忘記那部電影的片名，叫《卡羅的午後》。經過很多很多年，我才知道那就是侯麥一九七二年拍的 *Chole in the Afternoon* 。很多很多年後，看完侯麥的電影，我也才確知那種激動心悸，原來是來自於一種詩的暗示。

侯麥的電影，即便是再通俗再慵懶的劇情裡，都充滿了詩的暗示。詩的暗示是什麼？既然是暗示，當然也就沒辦法明白講清楚。詩的暗示是侯麥的另一部電影片名裡所形容的東西。那部片子叫 *Le Rayon Vert* 。典故出自 Jules Verne ，形容的是在一個極晴朗，晴朗得空氣發脆的黃昏，會有極短暫的一瞬間，光線折射詭異地產生了一種無法形容的綠光。任何幸運的人，看見綠光，剎那間對自己與身邊的人會得到感情感應上的跳躍頓悟。

你看見了那黃昏綠光嗎？那無法描述無法翻譯的黃昏綠光。正因為無法翻譯，這部電影的英文名字竟然被簡化成了*Summer*。從「*Le Rayon Vert*」到「*Summer*」，正是從詩到平凡生活的距離。

作品與主義

一九六九年，Robert Venturi 和他太太（也是他建築事務所的合夥人）Denise Scott Brown 以及 Steven Izenour 一起寫了轟動一時的《向拉斯維加斯學習》。「向拉斯維加斯學習」是個強烈的祈使句，後面的理由是：他們認為拉斯維加斯絢麗豪華、千奇百怪的賭城大街，已經成為美國真正的風格代表，真正的美式視覺典範，就像大家一提起羅馬、一想到羅馬，就會浮顯出巴洛克式教堂形象一般。

「向拉斯維加斯學習」，當然是個誇張的語句。因為誇張，所以讓人不得不注意。

不過 Venturi 他們除了誇張的口號之外，還提供了別的動力，才使得這樣一句口號帶動了後來建築風格上的大變革。這裡有言之成理的邏輯，這裡有明確攻擊否定的敵人，這裡還有觸及當時對現代派建築疑慮和不滿情緒的精巧挑釁。

事實上，早在三年前，Venturi 自己寫的書《建築中的複雜與矛盾》中第一頁，開宗明義就說「少就是無聊」（Less is a bore.）。這句話明顯是針對當時美國建築界最紅、最受尊重的大師 Mies van der Rohe 來的。Mies 出生於德國，發跡在柏林，曾經擔任過著名的包浩斯（Bauhaus）工藝設計學院的校長，一直到五十二歲那年，在戰爭氣氛中才離德赴美。

Mies 一輩子沒能講流利的英語，然而他的作品卻強而有力地表達了現代派的理念。他沒留下什麼建築理論，只強調了現代派中最核心的價值概念：「少就是多」（Less is more.）。

從 Mies 的背景以及 Mies 的作品，我們很容易可以看出一種菁英主義與平民主義的矛盾錯雜。從 Bauhaus 的傳統，從他對簡練線索、結構的掌握演繹上，我們清楚知道他的核心理想：要打倒、去除貴族式的炫耀、繁麗風格，以現代理性的態度，讓一般升斗小民也能享受好的生活，光明、乾淨而且具備設計感的生活。可是在提供、推廣這種「現代生活」時，Mies 卻也必然表現了絕對指導者的態度，也表現了對一般市民傳統品味的不耐，甚至鄙夷。

Venturi 就是選擇了 Mies 作為他的對手。他尖銳精確地指出了 Mies 那種現代派的簡潔風格，根本無法適應，更不能反映現代生活裡的複雜性，各種不同元素交織成的衝突與反諷。現代派建築背棄了現代生活，強用自己的美學來管束、制約現代生活。

所以應該要向最俗麗的拉斯維加斯學習。摒棄 Mies 式現代派的菁英、指導姿態，真正去貼近平民品味。建築師的任務，不應該是用自己的美學意志，強予現代生活僵硬的統一面貌，而該放寬心胸，容納混亂與多元，因為現代生活的實情，就是混亂而多元的。

雖然 Venturi 後來大力否認、撇清，不過很多人視他這種與現代派決裂的態度，是「後現代建築」起源的關鍵點；而建築上的「後現代風」，又是所有「後現代」潮流的根基。

Venturi 和現代派決裂的態度，是很明確的。但我們卻也很能同情理解，他為什麼抵死不願被歸入「後現代派」裡。最重要的理由應該是：他和 Scott Brown 設計出的作品，和其他「後現代派」在精神上很不一樣，他們無法認同那些「後現代派」的作品。

其實，Venturi 的作品比其他「後現代派」都更「現代」，更接近他們反對的 Mies 的風格。其實，Ventrui 之所以會受到尊重，他的發言意見會具有影響力，正因為他的作品不像他的口號說的那樣「向拉斯維加斯學習」。弔詭地，如果他真的遵照自己的口號去執行了，他的作品恐怕早就被遺忘，連帶他這個人和那句口號，也無法流傳下來了。

這是理論、學派與作品間，複雜關係的一個極端例子。如果用 Venturi 的口號，用後現代的理論，我們反而無法真正認識 Venturi 的建築設計作品。

這就是為什麼我對於用什麼主義、用什麼派去劃分詩人時，格外小心、猶豫。也是我為什麼無法贊同你，想要先搞懂各派各主義再認真讀詩的態度。

作品與主義，唉，麻煩得很。

這裡的風雨，似乎永遠不會停止

W．B．葉慈寫〈When You Are Old〉（當你老了）這首詩時，他自己年富力強，熱鬧的文學與政治生涯才剛開始沒多久。難怪詩的調子沉緩、舒放：

當你老了，灰黯，沉沉欲眠
在火爐邊瞌睡，取下這本書，
慢慢讀，夢回你眼睛曾經

有過的柔光，以及那深深波影；……
詩中有濃厚的懷舊氣氛，有對逝去時光的悵惘，甚至還有些想像的追悔不及的悲涼：

……愛如何竟已
逸去了並且在頭頂的高山踱蹀
復將他的臉藏在一群星星中間。

不過可以確定的，字裡行間並沒有對老去或死亡的淒厲恐懼。

這不只是詩風與姿態的問題，而是更根本的，想像與實歷的差別。像葉慈這樣介於浪漫與現代之間的詩人，他的當行本事之一，必定是想像（imagine）與設想（empathize）。從葉慈對於老年老人的心境刻畫，我們能夠更清楚意會到想像與設想的限制。在人類所有的感情感覺中，喜怒哀樂都還容易用心靈之眼去透視，唯獨恐懼，以及含藏在恐懼中的迷疑、沮頓、慌亂乃至自棄與自憐，最難超越經驗的藩籬，最難被想像與設想的天分能力捕捉。

尤其是對於生命終結逼近的年歲漸增（aging）的恐懼。像 Mark Strand 在詩中如此生動表達的：

這是我睡著的時候，
人家承諾給我的地方。
可是當我醒來時卻又被剝奪了。
這是誰也不知道的地方。
在這裡，船和星星的名字，
已經飄到伸手摸不著的遠方。
山不再是山，
太陽不再是太陽。
到底原來是什麼樣的東西？也漸漸想不起來。

我注視自己，看著我額頭上，
一點昏暗中的光輝。
過去我不缺什麼，過去我還年輕……。
現在我覺得這些似乎很重要，
我的聲音彷彿能傳到你耳中。
而這裡的風雨，似乎永遠不會停止。

這首詩，題名為〈一個老人在自己的死亡中醒來〉，被村上春樹引在他的報導《約束的場所》書前，意外地接觸到了廣大的日文讀者，又更意外地轉手日文有了中文翻譯。老年與死亡是 Mark Strand 經常處理的題材，他另外有一首描寫死亡經驗的名詩「可惜之事已然發生」。最近他的新作裡，則有這樣的句子：

從繁華派對裡離開時，很清楚
儘管已經超過八十歲，我依然擁有

一副美好之軀殼……。

Mark Strand 其實還不到八十歲。一九三四年出生的，甚至還不到七十歲。然而他的詩卻反覆出現死亡中、死亡後的老人，八十歲了還要保持優雅姿態離開人間的老人，並不是偶然，這些詩，反映了 Strand 真正的恐懼。

寫〈當你老了〉時的葉慈，寫不出〈一個老人在自己的死亡中醒來〉。一般的老人，也寫不出這樣的詩。Strand 具備的，除了文字的能力之外，更重要的是他對自己，以及對這個世界的深深慕戀。沒有那麼強烈的慕戀，就不會有那麼深刻的恐懼。

我們怎麼知道 Strand 的自戀與戀世？從他六十七歲了，竟然還興沖沖地參加了一齣電影演出，甚至還規畫自己的演藝新生涯中可以看出。有 Strand 主演的那部電影，片名叫作 *Chelsea Walls*，導演是 Ethan Hawke，電影我沒看過，也不曉得有沒有到台灣上映，只是從報導裡知道詩人 Mark Strand 演一位資深記者，戲分還不少。據說在片中詩人看起來像多了點學者氣質的克林伊斯威特。真正的記者去訪問演記者的詩人時，詩人說：「我會毫不遲疑投入任何演電影的機會，不過我希望台詞能多一點，演技發揮的空間大一點。」

六十七歲的熱情好萊塢新人。突然我明白了為什麼詩裡的老人還要從死亡裡醒過來。不只是留戀，而是要回來表達未死者對於死亡，對於一切都失去原本意義，沒有克林伊斯威特，沒有好萊塢，沒有真記者與假記者的對話的空無的恐懼。這種恐懼，克林伊斯威特、好萊塢以及記者們，都無能為力，唯有詩人能夠表達。

文學叢書 494

現代詩完全手冊：為何讀詩、如何讀詩

作　　者　楊　照
總 編 輯　初安民
責任編輯　蔡俊傑
美術編輯　黃昶憲
校　　對　吳美滿　蔡俊傑　楊　照

發 行 人　張書銘
出　　版　INK印刻文學生活雜誌出版有限公司
新北市中和區建一路249號8樓
電話：02-22281626
傳眞：02-22281598
e-mail：ink.book@msa.hinet.net
網　　址　舒讀網http://www.inksudu.com.tw

法律顧問　巨鼎博達法律事務所
施竣中律師
總 代 理　成陽出版股份有限公司
電話：03-3589000（代表號）
傳眞：03-3556521
郵政劃撥　19000691　成陽出版股份有限公司
印　　刷　海王印刷事業股份有限公司

出版日期　2016年 7 月　初版
2023年 4 月 10 日　初版三刷
ISBN　978-986-387-106-4
定價　240元

國家圖書館出版品預行編目資料

現代詩完全手冊：爲何讀詩、如何讀詩
／楊照著；--初版，
--新北市中和區：INK印刻文學，2016. 07
面；14.8 × 21公分. --（文學叢書；494）
ISBN 978-986-387-106-4（平裝）
1.新詩 2.閱讀指導
851　105008964